中學生必讀的中國古典文學

詞—南宋——明清

全彩圖文版

秦嶺、秦乙塵 主編

推 薦 序
詩詞教育是美感教育，
潤澤每個人的生活世界與生命情境

「散文是米炊成飯，而詩則是米釀成了酒」，詩詞曲雖然各有特色，但同樣以濃縮的語言、精鍊的文字表達深厚的情感與意涵；同樣以字字珠璣連綴成篇。《中學生必讀的中國古典文學》不僅能讓人發思古之幽情，更令人回味再三。

青少年在成長的過程中，除了接受正規的學校教育外，家庭教育與社會教育也是重要的一環，此時若能提供有效的引導與啟發，對孩子的待人接物會有深遠的影響與薰陶。閱讀良好的課外讀物則是極為優質的自主學習與充實的途徑，不僅可從書本中獲得樂趣、涵泳情思，還能增長知識。尤其是中國古代的詩詞曲，其辭藻之雋美典雅，蘊含作者細膩的情感抒發，以及對當時社會環境、政治世局等複雜感觸的心境呈現，更展現作者本身的品格、情操與修養，值得青少年賞析與學習，從而陶冶讀者的身心。

「溫柔敦厚，詩教也」，詩詞教育就是美感教育，透過詩歌的美感情意，潤澤每個人的生活世界與生命情境。藉著詩詞教育的潛移默化，進而培育發展成健全的人格。於此，秀威公司為了善盡社會責任，將唐詩、宋詩、元曲等精華，有系統集結成冊。選材平易近人，貼近孩子的生活經驗；鑑賞部分能提綱挈領，深入淺出地引領孩子進入古典詩詞的殿堂，是有效增進閱讀能力的課外讀物，特此為文推薦！

這一本精緻小巧的口袋書，除了收集中國古代具有代表性的詩詞之外，令人驚艷的是全彩美編，「詩中有畫、畫中有詩」。其插畫精緻唯美，與詩作情境相契合，足見編者之巧思

與用心。所選畫作皆源於國際少年藝術大展的作品，是一本非常有質感且賞心悅目的書籍，值得閱讀、更值得您珍藏。

臺北市立新民國民中學校長　柯淑惠

前 言

　　以唐詩、宋詞、元曲為代表的中國古典詩歌，不僅是中國文學寶庫中的璀璨瑰寶，而且在世界文學史上也佔據著重要地位。這些詩歌無論思想內容還是藝術風格，無不閃爍著文學經典的熠熠光輝，具有無窮的生命力。引導青少年學生讀一點古典詩歌，領略其中的高遠、優雅與雋美，對於提高他們的文學素養，陶冶他們的性情將大有裨益。這也正是我們策劃編寫《中學生必讀的中國古典文學》叢書的初衷。

　　《中學生必讀的中國古典文學》叢書按詩、詞、曲列卷，共六冊，分別以唐詩、宋詞和元曲為主體，精選歷代詩詞曲作各一百首彙集而成。這樣選編既便於孩子們初步瞭解中國古典詩歌的歷史淵源、發展變化和最高成就，又可以引導他們認識當時的社會環境和人文現狀，感受古代詩人的心靈之旅。

　　《中學生必讀的中國古典文學》叢書是寫給青少年的讀物，「古典文學」之外，「兒童彩畫」是它的一個顯著特點：叢書所配插圖蓋源於國際少兒藝術大展作品，也就是說全部出自孩子們之手。如此設計，不僅區別於其他版本的一般性插圖，更為重要的是用孩子們自己的畫來裝點，從而豐富了叢書的內涵，使其不再是單一的「文學」內容，同時增添了富有情趣的「彩畫」部分，圖文並茂，相輔相成，給人以清新別致的鮮明印象。這一別開生面的特點，定會增強孩子們閱讀和欣賞的興趣。

　　為了幫助青少年更好地閱讀和掌握古典詩歌，根據其認知特點，叢書設置了輔助性欄目：「作者」一欄，概要地介紹了

作者的生平事蹟及其創作成果，便於孩子們瞭解作品產生的時代背景。「注釋」一欄，將難以理解的詞句作了通俗的解釋，方便孩子們閱讀。「鑒賞」一欄，則對詩詞曲作所表現的思想內容和藝術風格作了分析解讀，使孩子們能夠身臨其境地體味作品的豐富蘊含。「今譯」一欄，在尊重原作的前提下，力圖避免散文化的直譯，而是用現代詩歌的語言和韻律，對作品進行了再創作式的翻譯，為孩子們深入地理解和把握原作，領會詩歌的音韻美提供了幫助。

　　編寫一套集文學性、藝術性和知識性於一體、為廣大青少年喜聞樂見的課外讀物，是我們由來已久的想法。這一構想同樣得到臺灣秀威資訊科技公司以及諸多教育同仁的大力支持，這也是叢書所以能夠短時間內在台出版的主要原因，在此謹表謝意。

目次

第三篇　南宋

南歌子　呂本中

驛路侵斜月①，溪橋度曉霜②。短籬殘菊一枝黃，
正是亂山深處過重陽。
旅枕元③無夢，寒更④每自長。只言江左⑤好風
光，不道⑥中原歸思轉淒涼。

【作者】

　　呂本中（1084-1145），字居仁，世稱「東萊先
生」，壽州（今安徽壽縣）人。江西詩派著名詩人。詞以婉
麗見長，也有悲慨時事、渴望收復故土的詞作，感情沉鬱。
有《紫微詞》。

【注釋】
①驛路侵斜月：驛路，指官道。侵斜月，形容斜月映照。
②溪橋度曉霜：這句是說，溪橋上凝結著一層曉霜。
③元：本來。
④寒更：指更鼓聲。
⑤江左：即江東，詞中指南宋統治下的東南半壁江山。
⑥不道：不料。

【名句】

　　只言江左好風光，不道中原歸思轉淒涼。

【鑑賞】

　　這首詞寫於旅途中，抒寫詞人所見所感的旅途風物與思緒，表達了對中原故土的一片懷念之情。詞作語言清婉，情景交融，有著感人至深的藝術魅力。

　　上片寫景。起首兩句寫秋節晨行的情景。黎明時分獨自上路，天邊只有斜月相伴；拂曉的霜露覆蓋溪橋，早行的人踏霜而行。「侵」和「度」字，寫斜月西沉、溪橋帶霜的情態，極有動感。淒清的月色與寒霜，既點明深秋的時令，又倍增旅途的孤寂與淒冷。接句寫旅途風光。路旁山野人家低矮的籬笆裡，一枝殘菊獨自寂寞開放。看到傲霜開放的黃花，詞人恍然想到，原來又是一年一度的重陽佳節。在這個應該與親友把酒賞菊的日子裡，詞人卻獨自走在亂山深處，他心境的悲涼和寂寞可想而知。

　　下片著重抒寫詞人悲苦的心情。前兩句寫人在旅途，每每夜不成眠，聽著那悠長的更鼓聲聲直到天明。寫詞人因思緒萬千而徹夜難眠、輾轉反側的真實狀態，用語平淡，語意卻格外淒然。結尾句直抒胸臆，表達自己深摯的故國之思。在中原時就聽說江東風光秀美，如今身在江東卻無心欣賞；只因故土淪喪，故國難歸，思之常令詞人滿腹淒涼。以「江左」和「中原」蘊藏憂國傷時之慨，昇華了思想境界。

【今譯】

　　驛站路途漫漫被慘澹的月光籠罩，
　　清晨的霜露覆蓋了溪流上的小橋。
　　矮矮的籬笆牆內一枝殘菊綻放黃花，
　　走進層疊的山巒，才想起重陽節已到。

　　旅途中本來就很難入夢，
　　寒夜長長，如何捱到破曉。
　　只聽說江北一帶風光秀麗，
　　不料回想起中原，遊覽的興致頓然全消。

減字木蘭花

題雄州①驛 　蔣興祖女

朝雲橫度②，轆轆車聲如水去③。白草黃沙，月照
孤村三兩家。

飛鴻過也，萬結愁腸無晝夜④。漸近燕山⑤，回首
鄉關⑥歸路難。

【作者】

　　蔣興祖女，生卒年不詳，今江蘇宜興人，為陽武（今屬
河南）縣令之女。金人入侵時，其父母及兄長皆戰死，她被擄
去中都（今北京）。這首詞題於被擄北上途中的雄州客棧。

【注釋】
①雄州：今河北雄縣。
②橫度：飛動的樣子。
③轆轆車聲如水去：轆轆，車輪滾動的聲音；如水，形容車如流水。
④無晝夜：是說不分晝夜，日也愁，夜也愁。
⑤燕山：燕山府，轄境大致相當於今北京及稍南之地。
⑥鄉關：即故鄉。

【名句】

漸近燕山，回首鄉關歸路難。

【鑑賞】

這首詞抒寫國破家亡的創傷巨痛，聲聲含淚，字字泣血。以孤篇傳唱千古，令無數讀者讀之側然，思之淚下，有著不朽的藝術魅力。

起首兩句寫倉皇上路的景況。清晨時，長空烏雲密布，隨風上下翻捲。隨囚車倉皇北上，耳邊只聽得轆轆的車聲，宛如流水嗚咽遠去。氣氛陰鬱低沉，充分表露詞人被迫離鄉的悲苦悽愴之情。「轆轆」極寫車聲清晰，彷彿一路悲聲不斷，如泣如訴，更可見詞人內心的茫然失措與無限悽楚。這一去就如流水遠去，不知所往且永不回還；沿途只見白草黃沙，一輪蒼月照著孤寂的山村、稀落的人家。蕭索秋景令人觸目傷懷，既寫北國的荒涼冷寂，也寫戰後的肅殺衰敗，更突出詞人的家國悲思。

下片抒寫詞人愁腸百結的心緒。鴻雁也知南飛，自己卻愈行愈北，離家鄉故國也愈發遙遠。鴻雁本是傳書的信使，但是詞人的滿腔哀思即使能書寫成篇，又有誰會捧讀？此情此景，怎不令人萬結愁腸，日思夜想？言詞哀婉，抒寫國破家亡的悲創哀痛。日復一日地前行，終於走近燕山，回首再望一眼故國吧，這一別就是永訣了。「漸近」二字看似平淡敘事，卻於平靜中隱藏無盡的哀痛。以「歸路難」抒寫家國之思與亡國之恨，感情深摯，飽含血淚。

【今譯】

　　清晨的陰雲在天空中緩緩飄動，
　　車聲轆轆如同流水遠去的響聲。
　　白濛濛的野草，漫漫的黃沙，
　　殘月映照孤寂的山村稀落的人家。

　　大雁南飛，掠過頭頂，
　　滿腹愁懷，晝夜悲情。
　　蒼茫的燕山愈來愈近，
　　回頭遙望故鄉，何處是我的歸程。

臨江仙
夜登小閣憶洛中舊遊　　陳與義

憶昔午橋①橋上飲，坐中②多是豪英。長溝流月③
去無聲。杏花疏影裡，吹笛到天明。
二十餘年④如一夢，此身雖在堪驚。閒登小閣看新
晴。古今多少事，漁唱⑤起三更。

【作者】

　　陳與義（1090-1138），字去非，號簡齋，洛陽（今
屬河南）人，著名愛國詩人。他的詩成就較高，詞作流傳較
少，風格豪放，自然渾成。有《無住詞》。

【注釋】
①午橋：故址在今洛陽南，風景優美，為當時的遊覽勝地。
②坐中：指酒席宴中在座的人。
③長溝流月：長溝，指溪水。流月，形容水中月影，彷彿隨溪水一
　起流向遠方。
④二十餘年：指作者這二十幾年的動盪經歷，其中包括北宋亡國的
　國事滄桑。
⑤漁唱：打漁人所唱的漁歌。

【名句】

　　杏花疏影裡，吹笛到天明。

【鑑賞】

　　在某個雨後初晴的夜晚，詞人登上小樓，回想起當年在洛陽時的歷歷往事，不由得悵惘二十年的人事滄桑，又暗暗悲歎山河破碎、故國難回。這首詞抒寫的正是這樣的情致與思緒。

　　上片追憶。起首兩句以「憶昔」引起，帶讀者回到前塵歲月中。那時詞人正青春年少，常在洛陽著名的風景勝地午橋宴飲，聚會之人多是英雄豪傑，彼此志趣相投。以「豪英」寫詞人意氣風發、少年得意的風貌，也寫出知交相聚一堂的暢快心境。後三句寫當年風物。河水浸著月影，無聲流去遠方；杏花疏疏落落，在月下搖曳生姿；笛聲悠悠如水直響到天明。「流月」寫月影投映水中，畫面清麗而極有動感。而詞人與好友在月下賞花飲酒，伴隨著管笛聲聲。如此勝景，難怪詞人二十年念念不忘。

　　下片抒情，以「二十餘年」點醒現實，抒發無限感慨。北宋亡國後，詞人隨之南下避亂，過著顛沛流離的生活。「如一夢」比喻貼切生動，寫盡二十年來的身世之傷與國事之慨，抒寫往事不堪回首的無限感傷。接句點題，寫夜雨初晴，登樓閒看。「閒」字出語淡然，卻寫出作者對現實的無奈。結尾句感歎古往今來多少興衰榮辱的國家大事，都成為漁夫傳唱的歌行。以故做曠達的語言，抒寫沉鬱的悲慨。

　　追憶當年午橋上夜宴開懷暢飲，
　　在座的多半是英雄年少、風流才俊。
　　洛河水浸著月光流去，悄然無聲。
　　杏花稀疏，倩影隨風舞動，
　　笛聲悠悠，一直吹奏到天明。

　　二十多年過去了，恍如一場夢境，
　　此身尚在，卻常常膽寒心驚。
　　閒暇時登上閣樓去欣賞雨後初晴。
　　古往今來國家興亡多少大事，
　　盡付漁唱樵歌，在那夜半三更。

浣溪沙 張元幹

山繞平湖波撼城，
湖光倒影浸山青①。
水晶樓②下欲三更。

霧柳暗時雲度月③，
露荷翻處水流螢。
蕭蕭④散髮到天明。

【作者】

　　張元幹（1091-1170），字仲宗，號蘆川居士，永福
（今福建永泰）人，南宋愛國詞人。其詞慷慨悲涼，境界闊
大，多抒寫愛國禦敵的豪情，也有個人身世的感傷。有《蘆
川詞》。

【注釋】
①浸山青：湖水浸潤著青山的倒影，彷彿山更青，水更秀。
②水晶樓：應是江浙一帶的景致，具體位置不詳。
③雲度月：指浮雲飄動遮住明月，彷彿月隨雲動。
④蕭蕭：頭髮稀疏的樣子。

【名句】

山繞平湖波撼城，湖光倒影浸山青。

【鑑賞】

這首詞描繪的應是江浙一帶的景致。詞作語言優美生動，寫湖光山色之美，流露出一種閒適、瀟灑的情懷，是寫景佳作。

上片寫景。起句氣勢非凡，寫青山環繞平湖，湖上煙波浩渺的景象，展現連綿不斷的山勢與波濤洶湧的水勢。「繞」字寫山勢曲折連綿，「撼」字寫水勢浩大壯觀，景色壯麗而遼遠。第二句寫青山倒映水中，因有流水的浸潤而分外蒼翠，而水景也更加明秀。「浸」字描摹水中青山倒映的景致，生動響亮。結句寫登上「水晶樓」觀景，不覺已是三更，表現詞人沉浸於秀麗清幽的大自然中流連忘返的心情。

下片承上，寫詞人登樓遠望，欣賞溶溶月色籠罩下的秀麗景致。首句寫夜嵐朦朧，柳籠輕煙；流雲飛動，時時遮擋明月。接句寫月光映照下的荷葉清露晶瑩剔透，隨著輕風微微搖動，好像無數流螢在飛舞。對仗工整，意境清幽，景致清麗而迷人。結尾句抒寫心情。眼前這空靈寧靜的景致，實在令詞人沉迷難捨，直到天明還留戀不去。「蕭蕭散髮」寫詞人披散頭髮、不拘一格的樣子，流露自在、放達的情懷。

【今譯】

群山環繞湖水，碧波潊蕩古城，
湖水中倒影的山巒格外蒼青。
晶瑩剔透的樓閣沉靜在夜色之中。

柳林霧氣朦朧，月兒隨著雲朵移動，
帶露的荷花綻開水面似閃爍的流螢。
我散髮獨坐一直沉吟到天明。

阮郎歸 曾覿

柳陰庭院占風光，呢喃①春晝長。碧波新漲小池
塘，雙雙蹴②水忙。

萍散漫，絮飄颺③，輕盈體態狂。為憐流去落紅④
香，銜將歸畫樑⑤。

【作者】────────────

　　曾覿（1109-1180），字純甫，號海野老農，汴京
（今河南開封）人。詞多應制之作，屬婉約詞派。有《海野
詞》。

【注釋】
①呢喃：形容燕子的叫聲。
②蹴：踏。
③飄颺：飄飛，飄動。
④落紅：即落花。
⑤銜將歸畫樑：銜，用嘴含著。畫樑，雕刻著華麗花紋的樑柱。

【名句】────────────

　　為憐流去落紅香，銜將歸畫樑。

【鑑賞】

這是一首詠燕詞。詞作以新巧的語言，描摹燕子情態，栩栩如生。

上片寫燕子，展現一派生機盎然的春意，流露出喜悅的心情。起首兩句寫庭院裡綠柳成蔭，風靜人悄，只有春燕正細語呢喃，更顯春日遲遲，春光美妙。以「呢喃」寫燕聲細碎而動聽，形象貼切。接句寫春來水漲，碧綠的春水微微蕩漾，而燕子往來戲水，生機勃勃。以「蹴水」形容燕子從水面一掠而過的輕盈樣子，活潑而靈動。

下片進一步描摹燕子可愛活潑的形象。首句緊承上文，寫浮萍點點散落水面，柳絮片片隨風輕舞，反襯出燕子時而輕盈掠過水面，時而曼妙飛舞空中的輕快、活潑的姿態。這兩句並沒有直接描摹燕子，而是以環境描寫烘托出燕子自由翻飛、無所羈絆的情態，讓人心生嚮往，回味無窮。最後兩句畫龍點睛，寫燕子憐花惜香，賦予燕子人格化的特點。暮春時節，百花凋殘，以「流去落紅香」形容落花逐水而去，含有憐惜之意。而多情的燕子不忍凋零的花瓣隨波逐流，一瓣瓣銜去築自己的巢。以燕子的多情，寄寓自己惜春憐花的情感，感情濃郁而生動。

【今譯】

綠柳成蔭的庭院盡顯風光，
燕子呢喃，春天的白晝更加漫長。
清澈的水波漲滿了小小的池塘，
水鳥雙雙戲水正忙。

萍葉稀疏地漂散在水面上，
柳絮隨風起舞，體態那般輕狂。
燕子憐惜凋零的花瓣隨波逐流，
銜去築巢，將它放回到畫棟雕樑。

蝶戀花 朱淑真

樓外垂揚千萬縷，欲繫青春，少住春還去。猶自^①風前飄柳絮，隨春且看歸何處。
綠滿山川聞杜宇，便做^②無情，莫^③也愁人苦。把酒送春春不語，黃昏卻下瀟瀟雨。

【作者】

　　朱淑真，南宋初年在世，號幽棲居士，錢塘（今浙江杭州）人，著名女詞人。能文善畫，精通音律，相傳因婚姻不如意，抑鬱而終。她的詞多描寫個人生活與情懷，風格幽怨感傷。有《斷腸詞》。

【注釋】
①猶自：還在，還是。
②便做：即使。
③莫：莫非，莫不是。

【名句】

　　把酒送春春不語，黃昏卻下瀟瀟雨。

【鑑賞】

　　這是一首惜春詞，詞人以細膩的筆觸、擬人的手法描繪暮春景致，表達哀婉多姿、纏綿動人的傷春情懷，顯示獨有的藝術特色。

　　開頭幾句描繪樓前楊柳千條萬條，在風中飄逸舞動。那纖細柔軟的柳絲情致綿綿，彷彿要綁住春天，希望春天能多停留一些時候，可是春天還是匆匆離去了。藉楊柳的多情留春，表達詞人對春天的留戀難捨之情。看到滿天隨風飄舞的柳絮，詞人重新燃起希望，希望柳絮能跟隨春天一同離去，去探看春天的下落。留春不住，願隨春歸去，情感更進一層。

　　下片仍描繪暮春特有的景致，抒發傷春的感懷。首句寫暮春時節，花落草長，漫山遍野只有綠意盎然。而詞人聽聞杜鵑聲聲，不由得想：都說杜鵑無情，可是牠這般哀啼，難道也是為春去而傷懷嗎？心中無限惆悵與眷戀之情，藉杜鵑之聲道出，哀婉動人。對春天百般依戀，春卻無情離去，無奈之下也只能把酒送春歸去了。春的無情，更加重詞人內心的淒苦，情感層層深入。結尾以一場瀟瀟細雨作結，這雨也許是對春天最好的送行，言有盡而意無盡。

【今譯】

　　樓臺外垂柳的柔枝千縷萬縷，
　　想要留住春天，把春光維繫，
　　可春天還是急匆匆地離去。
　　多情的柳絮依舊在風中飄舞，
　　跟隨春天，看她究竟回到哪裡。

　　漫山遍野都綠了，聽到杜鵑悲啼，
　　它縱然無情，
　　也難免滿懷愁緒。
　　舉起酒杯送別春天，春天默默無語，
　　黃昏時卻下起了綿綿細雨。

卜算子 詠梅 陸游

驛外斷橋邊，寂寞開無主①。已是黃昏獨自愁，更著②風和雨。

無意苦爭春，一任群芳妒③。零落成泥碾作塵④，只有香如故。

【作者】

　　陸游（1125-1210），字務觀，號放翁，山陰（今浙江紹興）人，傑出的愛國詞人。他一生都在為國家的前途命運奔走，也創作了大量洋溢愛國激情的詩詞。陸游的詞多抒寫雄奇奔放、沉鬱悲壯的愛國情懷。有《渭南文集》等。

【注釋】

①無主：沒有人關心過問。

②著：加上。

③一任群芳妒：一任，完全聽憑，任憑。群芳，指百花。妒，嫉妒。

④碾作塵：碾，壓碎。作塵，化為塵土。

【名句】

零落成泥碾作塵，只有香如故。

【鑑賞】

這是一首寓意深厚的詠梅詞。詞人藉題詠梅花的淒苦環境與孤高品性，感慨人生的失意坎坷，展現高潔傲然的風骨，抒寫矢志不渝的愛國情懷。

上片寫梅的艱難處境，既是景語，又是情語。起首兩句寫驛站之外，那幽僻無人的斷橋旁，一株梅花正寂寞地開放。在這荒涼冷寂的野外，又有誰會關心這一株梅花的開放與凋落呢？藉梅花獨自開放、無人欣賞的孤寂境遇，喻寫自己空懷報國之志，卻屢受排擠冷落的政治處境。接句寫暮色籠罩，無人關心的梅花獨自承擔悲傷。這樣的生存處境已令人難以忍受，偏偏有淒風苦雨也來相逼。更進一步抒寫詞人所處環境的冷峻嚴苛。

下片寫梅的氣節和操守。環境再冷峻，仍要凌寒獨自開放，只為給人間帶來早春的訊息。梅花從不曾想與百花爭奇鬥豔，又何懼群芳的妒忌中傷？寫梅花卓爾不群的高潔品格。仍以花事喻人事，表現詞人對於名利的淡薄和超脫，對

於詆毀中傷的不屑和無懼。詞人一身傲骨，絕不與世俗同流合污；一腔熱忱，只為理想而堅貞自守。結句寫梅花的歸宿。躲不過風雨的侵襲，梅花終於片片凋落，混在泥土中化作塵埃。即使這樣，仍有絲絲縷縷的清香飄散如故。以此表達至死不渝的信念，充滿昂揚向上的力量。

【今譯】

在那驛站外的斷橋邊上，
一枝梅花正孤寂地開放。
到了黃昏她獨自悲愁，
更遭遇寒風冷雨的滌蕩。

從不想苦苦爭奪明麗的春光，
任由百花去妒忌、中傷。
哪怕是凋零成泥，碾壓為塵土，
依然散發出陣陣清香。

鷓鴣天　陸游

懶向青門①學種瓜，只將漁釣送年華②。雙雙新燕
飛春岸，片片輕鷗落晚沙。
歌縹緲③，櫓嘔啞④，酒如清露鮓⑤如花。逢人問
道歸何處，笑指船兒此是家。

【注釋】
①青門：指漢代長安城東門。
②送年華：打發時光。
③縹緲：形容歌聲隱約，若有若無。
④嘔啞：形容聲音嘈雜。
⑤鮓：以鹽和紅麴醃製的魚。

【名句】

雙雙新燕飛春岸，片片輕鷗落晚沙。

【鑑賞】

這首詞寫於一一六六年。這一年詞人被免職，再次遠離了抗金前線。詞人一生堅持抗金主張，卻屢遭打擊，心情自然十分抑鬱和憤慨。這首詞抒寫的正是這樣的心境。

起首兩句言志。青門種瓜用了漢初邵平的故事。邵平曾做過秦國東陵侯，秦亡後，在青門外以種瓜為生。「懶向」寫自己不願學邵平在京城外種瓜為生，還是回到家鄉，泛舟垂釣來打發時光吧。抒寫遠離仕途爭鬥、歸隱漁樵的決心，卻又流露出深深的無奈，顯然這並非是詞人真正的理想。接句描繪家鄉美麗的風光。翠綠的堤岸有雙雙新燕飛舞；黃昏時，輕盈的沙鷗棲息在沙灘。以清新的筆觸描摹湖光水色，抒寫寄情於山水的志向。「雙雙」和「片片」用筆輕盈，音韻和諧，讓人眼前一亮。

下片寫湖中泛舟。嘈雜的櫓聲中，船兒不斷前行；耳邊傳來若隱若現的漁歌。眼前美景令詞人心懷大暢，忍不住拿

出清甜如甘露的美酒，再配上味道鮮美的醃魚，自斟自飲起來。把酒和醃魚比喻成「清露」和「花」，生動貼切，展現一派愉悅閒適的心境。詞人的快樂感染了偶然相逢的路人，他們不由問道：您這是上哪兒去啊？詞人笑答，還上哪兒啊，這小船就是我的家。以船為家，與山水相伴，以漁釣為生，這是詞人滿腔鬱結之中為自己尋找的寄託。其中意味，引人深思。

【今譯】

懶得向東陵侯去學習種瓜，
只用泛舟垂釣來打發年華。
一雙雙雛燕飛舞在翠綠的堤岸，
一群群輕盈的沙鷗黃昏時在沙灘落下。

漁歌隱隱從遠處傳來，
槳櫓聲聲，伊伊呀呀，
酒像清甜的甘露，醃魚美如花。
相逢人問回哪裡去，
笑指小船是我家。

鵲橋仙 夜聞杜鵑　陸游

茅簷①人靜，蓬窗燈暗，春晚連江風雨。林鶯巢燕
總無聲，但月夜、常啼杜宇。

催成清淚，驚殘②孤夢，又揀深枝飛去。故山猶自
不堪聽③，況半世、飄然羈旅④！

【注釋】
①茅簷：與下句的「蓬窗」都指簡陋的寓所。
②驚殘：驚醒。
③故山猶自不堪聽：故山，即故鄉。猶自，還、尚且。不堪聽，不
　能、不忍傾聽。
④羈旅：指漂泊的生涯。

【名句】

　　故山猶自不堪聽，況半世、飄然羈旅！

【鑑賞】

　　這首詞寫於詞人寓居四川時，描繪雨夜聽聞杜鵑啼聲的淒涼心境，表達身世飄零的惆悵和壯志難酬的感慨。詞作語言含蓄雋永，風格沉鬱蒼涼，令人回味無窮。

　　起首兩句勾畫冷寂淒清的環境。低矮的茅草房，簡陋的蓬草窗，這就是詞人居住的陋室，令人倍感蕭條。又到夜深人靜的時刻，室內一盞暗淡的孤燈，室外是滿江的風雨。「人靜」、「燈暗」，營造靜謐寂寥的氛圍。夜深人靜，風雨聲自然清晰入耳，牽引起詞人滿懷的愁思。寂寥的暮春時節，那快樂的鶯鶯燕燕自然悄無聲息，不肯給詞人些許安慰；愈是慘澹淒清的月夜，杜鵑愈是悲鳴不休，更引發詞人無限傷感。

　　下片寫詞人內心的感觸。開頭數句緊承上片，寫遠遠近近的杜鵑悲啼一聲聲淒厲無比，不但將詞人從夢中喚醒，還惹得他「清淚」行行。杜鵑啼鳴，既象徵春光遠去，令人驚覺年華流逝、壯志未酬；又如催喚遊子還鄉，引發天涯羈旅的鄉愁。種種難耐的憂思交加，自然令詞人淚下。結尾更進一層抒寫內心的深刻感觸。當年身在故鄉，仍不忍聽杜鵑的悲鳴，更何況經歷半生漂泊後獨在異鄉為客。語氣痛切無比，抒寫內心的萬千悲慨，讀後令人潸然淚下。

【今譯】

　　低矮的茅草房，夜深人靜，
　　陋室草窗下，暗淡的孤燈，
　　晚春時節江上風雨十分淒冷。
　　林中的黃鶯、樑上的燕子悄然無聲，
　　慘澹的月夜，常聽到杜鵑的悲鳴。

　　杜鵑聲聲，催出了幾行清淚，
　　驚醒了孤獨的殘夢，
　　牠卻又飛向枝葉茂盛的樹林。
　　當年在家鄉都不忍心聽聞，
　　更何況如今半世漂泊，孑然一身！

蝶戀花　范成大

春漲一篙添水面①。芳草鵝兒，綠滿微風岸。畫舫夷猶②灣百轉，橫塘塔近③依前遠。
江國多寒農事晚。村北村南，穀雨④才耕遍。秀麥⑤連岡桑葉賤，看看嘗麵⑥收新繭。

【作者】

　　范成大（1126-1193），字致能，號石湖居士，吳郡（今江蘇蘇州）人。詞風清逸淡遠，有民歌風味。有《石湖詞》等。

【注釋】
①一篙添水面：一篙，形容水深的程度。添水面，指水面擴大。
②夷猶：猶豫遲疑，形容船行緩慢。
③橫塘塔近：橫塘，在蘇州西南。塔，應指虎丘雲岩寺塔。
④穀雨：二十四節氣之一，在每年的四月二十日或二十一日。
⑤秀麥：指出穗揚花的麥子。
⑥看看嘗麵：看看，眼看著，即將之意。嘗麵，農村風俗之一，取成熟卻未收割的麥穗，揉下麥粒炒乾研碎，稱為「炒麵」；也可食用，稱為「嘗新」。

【名句】

　　畫舫夷猶灣百轉，橫塘塔近依前遠。

【鑑賞】

　　這首詞描繪的是蘇州附近的田園風光。詞以清新、明快的筆調，描摹淳樸、和諧的農家生活，流溢寧靜、和諧的氣息，讀來令人心生嚮往。

　　上片寫初春遊湖，風光無限。起首寫春來水漲，塘水既深又廣，添平了塘堰，又漫過了堤岸。以「一篙」來寫水漲的深度，生動別致，充滿民歌風味。春風吹過，兩岸一片綠意盎然。初生的小鵝披著嫩黃的羽毛蹣跚學步，與岸上一簇

簇碧綠的芳草相映成趣。筆觸輕快、清新，喜悅之情溢於言表。詞人乘著彩船在水鄉縱橫交錯的河道中蜿蜒而行。眼前的高塔彷彿很近，其實河道曲折，船行緩慢，要走上前還遠得很。以「百轉」寫水鄉的九曲水灣，生動貼切，更可見船行逶迤的樂趣。

　　下片寫農事。江南水鄉，初春時節，水仍寒意未減，農事開始得頗晚。直到穀雨時，村南村北的畦田才能遍耕。以「才」字寫農村特有的生活節奏，更可見鄉民們依天時安排農活的天然狀態。結尾兩句想像豐收景象。登上高岡，眼前春麥連綿，桑葉繁盛，轉眼間就可以品嘗新麵、收取新繭了。表達喜迎豐收的喜悅心情，充滿滿足感。

【今譯】

　　春來池水漲了一篙，添平了塘堰，
　　芳草如茵，鵝兒蹣跚，微風吹綠了河塘堤岸。
　　畫船緩緩移動，繞過了九曲水灣，
　　舉目河塘高塔，似乎很近卻又那麼遙遠。

　　江南水鄉春寒遲遲，農活開得尚晚，
　　村北村南，穀雨時畦田才能耕遍。
　　春麥連綿起伏，桑葉繁盛不值錢，
　　轉眼間就可以品嘗新麵，收取新繭。

昭君怨 詠荷上雨 　楊萬里

午夢扁舟花底，香滿西湖煙水。急雨打篷^①聲，夢初驚。

卻是池荷跳雨^②，散了真珠^③還聚。聚作水銀窩^④，瀉清波。

【作者】

　　楊萬里（1127-1206），字廷秀，號誠齋，吉州吉水（今江西吉安）人。詩與尤袤、范成大、陸游齊名，並稱「南宋四家」。其詞風格清新、活潑自然。有《誠齋集》。

【注釋】
①篷：即船篷。
②跳雨：形容雨珠散落飛濺的樣子。
③真珠：用以比喻晶瑩圓潤的雨滴。
④水銀窩：是說雨珠聚在荷葉中心，宛似一窩泛著波光的水銀。

【名句】

卻是池荷跳雨，散了真珠還聚。

【鑑賞】

　　這首詞題詠雨中荷花，卻以夢境來反襯，構思巧妙，意境新穎，有很強的藝術魅力。

　　上片寫夢境。午夢之中，詞人乘一葉扁舟，蕩漾於西湖碧波上。湖上煙雨迷迷濛濛，湖中荷花亭亭搖曳，送來幽香縷縷。淡筆素描，勾勒西湖美景，如同一幅絕妙的水墨畫，令人分不清夢境與現實。詞人正流連於美景中，樂而忘返，忽然聽到一陣驟雨襲來，敲打船篷。詞人猛得從夢中驚醒，西湖消失，扁舟不見，這才省悟原來美景是夢境。以「驚」字寫詞人的幾許遺憾。

　　下片寫雨中荷花，與先前的夢境相映成趣。首句以「卻是」承上啟下，把夢境和現實串在一起。原來，夢中聽到的「打篷聲」，是雨打荷葉的聲音；而夢中的清香，也是池中荷花散發出來的。「跳」字形容雨珠散落飛濺的樣子，形同一粒粒晶瑩圓潤的珍珠，時而散落，時而聚合。在寬大的荷葉中心，雨珠慢慢聚合，宛似一窩泛著波光的水銀。愈聚愈多時，荷葉不堪其累，稍稍傾斜，便如同清波一瀉而下。以「真珠」、「水銀」比喻雨珠的圓潤晶瑩，生動形象。以「跳」、「散」、「聚」、「瀉」等詞描摹雨打荷葉的景象，筆觸灑脫跳躍，由此可體會詞人由衷的欣喜。

【今譯】

　　中午做夢駕著小船遊蕩在西湖花下，
　　煙波浩淼的湖水香氣陣陣飄灑。
　　忽兒聽到驟雨敲打船篷，
　　一下子從夢中驚醒。

　　原來是池塘荷葉上跳動急雨，
　　就如同珍珠散落了又聚在一起。
　　慢慢地聚成了一窩水銀，壓彎了荷枝，
　　便像那清波一瀉千里。

浣溪沙 洞庭　張孝祥

行盡瀟湘到洞庭①，楚天闊處數峰青。旗梢②不動
晚波平。

紅蓼一灣紋繾亂③，白魚雙尾玉刀④明。夜涼船影
浸疏星。

【作者】 ────────────────

　　張孝祥（1132-1169），字安國，號于湖居士，歷陽烏
江（今安徽和縣）人，南宋著名詞人。他的詞早期多清麗婉
約之作，南渡後轉為慷慨悲涼，有濃厚的愛國情懷。有《于
湖詞》。

【注釋】
①洞庭：即洞庭湖，在今湖南北部。
②旗梢：指旗幟上飄帶、流蘇一類的裝飾物。
③紅蓼一灣紋繾亂：紅蓼，生於水邊的紅色蓼草。繾，繾暈，本指
　　兩頰紅暈，後泛指一般紅暈。
④玉刀：為禮器，扁平，長方形；詞中用以形容白魚的形狀。

【名句】

楚天闊處數峰青。

【鑑賞】

這首詞描寫洞庭湖勝景。詞作語言生動秀美，境界開闊遼遠，表達對自然的留戀和喜愛之情，展現了詞人安詳、寧靜的內心世界。

上片寫行船所見。起首句簡潔明瞭交代詞人行跡：他從長沙出發，一路沿湘江而行，終於來到洞庭湖。「行」字有強烈的動作感，也暗示了一路行船之快。第二句寫行舟洞庭湖上，仰望是遼遠的楚天，兩岸奇峰歷歷，蒼翠無比。以洞庭湖上開闊的視野，反襯其浩蕩蒼茫的氣象，令人胸襟開朗。第三句描寫客船夜泊時的情景：船頭旌旗紋絲不動，湖面波平浪靜。景致清幽，意境遼闊，如山水畫卷引人徘徊流連，表現出詞人內心的喜悅之情。

下片寫晚景。岸旁一灣紅蓼散亂叢生，映照於夕陽晚江中，紅暈微微蕩漾。雙尾白魚在水中跳躍，像玉刀一樣閃爍。這兩句對仗工整，紅白相間，色彩鮮豔明快。「亂」字寫紅蓼叢生，生機勃勃；「明」字則寫出魚兒光滑明豔的色澤和歡快的姿態。結尾一句寫作者的感受。夜來風起，帶來微微涼意。船映水中，隨水波輕輕蕩漾；船影旁相伴的，是疏星淡月朦朧的倒影。景致清幽動人，從中可體會詞人靜謐的內心。

【今譯】

船至瀟湘盡頭就到了洞庭，
楚天愈加開闊，群山莽莽蒼青。
旗帆不搖，傍晚風平浪靜。

一灣紅蓼散亂地蓬生，
雙尾白魚像玉刀一樣閃爍光明。
夜風起了，只有船影伴著水中稀疏的星星。

南柯子　王炎

山冥雲陰重，天寒雨意濃。數枝幽豔濕啼紅[1]，
莫為惜花惆悵對東風。
蓑笠[2]朝朝出，溝塍[3]處處通。人間辛苦是三農[4]，
要得一犁水足望年豐。

【作者】

　　王炎（1137-1218），字晦叔，號雙溪，婺源（今屬
江西）人。詞作語言自然平易，風格樸實。有《雙溪詩餘》
一卷。

【注釋】
①幽豔濕啼紅：幽豔，指花朵。濕啼紅，形容花朵含露帶雨。
②蓑笠：蓑衣斗笠，借指農民。
③溝塍：溝，水渠，水道。塍，田間小路。
④三農：指春耕、夏種、秋收等農忙季節。

【名句】

　　蓑笠朝朝出，溝塍處處通。

【鑑賞】

　　這首詞跳出常見的題材，以樸素的筆調描繪農民的生產生活場景。詞作語言通俗明瞭，情感健康質樸，是宋詞中難能可貴的作品。

　　起首句寫天上墨雲翻捲，投下重重陰影，使青翠的遠山變得蒼莽。山雨欲來，急風陣陣，帶來深深寒意。描寫風雨之前的山勢雲影，頗有氣勢。接句寫雨濕花紅的近景，如特寫景頭：幾枝豔麗的花朵在風雨中含露帶雨，彷彿盈盈珠淚欲滴。以「幽豔」代指花朵，可以想見風雨中的花枝那楚楚可人的風姿。面對此情此景，想到定會有人發些傷春惜花的無病呻吟之語，詞人不由勸慰道，不要為了憐惜雨來花落而惆悵，而埋怨東風吧。筆開新聲，表達出對這種無聊情懷的微諷之意。

　　下片描繪農民生產勞動的情景。他們每日裡披蓑衣戴斗笠外出勞作，常年走在泥濘的田間地頭，風雨無阻，也從不抱怨辛勞。「朝朝」與「處處」音韻和諧，將農民們一年到頭辛勤勞作的情態生動地展現出來。顯然，作者是深知農民艱辛的，而最辛苦莫過於春耕、夏種、秋收這三季了。農民既沒有閒情逸致，也沒有時間去傷花感月，他們只希望能夠來一場充沛的雨水，換取來年的豐收。以樸實的語言表達詞人真摯的關懷，也使詞所表達的情感空間更為廣闊。

【今譯】————————————————————

　　　山色蒼莽，墨雲重重，
　　　天氣涼了，雨意愈來愈濃。
　　　幾枝嬌豔的紅花在風雨中凋零，
　　　不要為了憐惜花枝而惆悵地面對東風。

　　　每日裡蓑衣斗笠外出勞作，
　　　田間的溝渠道路處處相通。
　　　人世間最辛苦的莫過農家，
　　　只希望耕田水足，換得年豐。

菩薩蠻
書江西造口壁① 辛棄疾

鬱孤臺下清江水②，中間多少行人③淚。西北望長安④，可憐⑤無數山。

青山遮不住，畢竟東流去。江晚正愁余⑥，山深聞鷓鴣。

【作者】

　　辛棄疾（1140-1207），字幼安，號稼軒，歷城（今山東濟南）人，南宋偉大的愛國詞人。他一生堅決主張抗金，因而屢遭當權者的忌恨，被長期削職，閒居終老。他的詞有六百多首，大都抒寫抗金報國的雄心壯志，批判統治階級集團的苟安誤國，也有一些歌詠了祖國大好河山和農村風光。藝術風格多彩多姿，以豪放為主，情調激昂，感慨深沉，想像豐富，閃爍著積極浪漫主義的光彩。有《稼軒長短句》。

【注釋】
①造口壁：在今江西萬安皂口鎮。
②鬱孤臺下清江水：鬱孤臺，在今江西贛州西南，宋時為風景勝地。清江，指贛江。
③行人：指流離失所的人民。
④長安：借指北宋的都城汴京（今河南開封）。
⑤可憐：有楚楚可憐之意。
⑥愁餘：使我憂愁哀傷。

【名句】────────────────

鬱孤臺下清江水，中間多少行人淚。

【鑑賞】────────────────

　　這首詞是稼軒詞中極膾炙人口的一篇。詞人登臺遠眺，撫今追昔，以尋常的山水景致，寄寓沉鬱的家國感慨與深厚的愛國情懷，讀來令人慷慨生哀。

　　起首寫追想之景。望著浩蕩北去的清江水，詞人不由得想到清江流經的鬱孤臺。那裡一直是風景勝地，卻曾遭金兵侵擾洗掠，人民多受其苦。為了躲避戰亂，有多少「行人」路經此地；又有誰說得清，那清江水嗚咽遠流，匯聚了多少憂憤、哀怨的淚水？以「鬱孤」之臺，寫鬱結之情，內心無限的家國離難之痛和個人身世之傷，盡在不言中。接句寫詞人極目西北，想遙望中原故都，卻只看得到那連綿不斷的千山萬嶺。以此喻指詞人胸懷北定中原、收復故土的志向，卻因現實中重重的阻擋而變得沉鬱。「望」字極寫其愛國之志的熱切，而遮擋視線的「無數山」在詞中顯然也別有深意。

　　下片轉寫眼前之景，以江水為喻，抒寫壯志難酬的苦悶。青山想要阻擋遠去的江水，江水卻日夜不捨東流而去。彷彿是無情的歲月流逝而去，英雄老去，卻始終無用伍之地，自然憂憤難言。暮色四起，詞人獨自站在江邊滿腹哀傷，難以排解，亂山深處卻傳來鷓鴣的悲啼。鷓鴣啼叫聲似「行不得也」，更令詞人興起行路艱難、世事多艱的感觸。

以環境描寫來烘托詞人的滿懷抑鬱之情，蒼涼悲慨之處，令人淚下。

【今譯】

鬱孤臺下贛江那長長的流水，
中間匯入多少逃難者的眼淚。
放眼西北，遙望京城長安，
可惜重重山峰將我的視線阻礙。

青山終擋不住滔滔的江水，
它畢竟向東方奔流而去，不再復回。
暮色籠罩江面，我滿懷惆悵，
鷓鴣的哀啼從深山中傳來。

清平樂 村居　辛棄疾

茅簷①低小，溪上青青草。醉裡吳音相媚好②，白
髮誰家翁媼③？
大兒鋤豆溪東，中兒正織雞籠。最喜小兒無賴④，
溪頭臥剝蓮蓬⑤。

【注釋】
①茅簷：指茅屋。簷，屋頂前面滴水的地方。
②吳音相媚好：吳音，指江南地區的口音。相媚好，語調親暱，聽
　起來柔和悅耳。
③翁媼：翁，老公公。媼，老婆婆。
④無賴：詞中有頑皮、可愛之意。
⑤蓮蓬：荷花的果實，可以食用。

【名句】────────────────

　最喜小兒無賴，溪頭臥剝蓮蓬。

【鑑賞】

　　這首詞是作者漫遊江南一帶時寫下的,描繪鄉村的風物景色,展現農村寧靜、樸素的生活,表達了詞人對美好鄉村生活的熱愛之情。詞作用語清新自然,純用白描手法,有民歌風味,洋溢著濃烈的生活氣息。

　　起首兩句描繪秀麗的自然風光:一處低矮的茅草屋臨水而建,清澈小溪水聲潺潺,溪畔長滿青青碧草。淡筆勾畫,清新自然的田園風光就躍然紙上,令人嚮往。詞人初次來到江南農村,一切都覺得新鮮,加上又喝過幾杯酒,更是興致勃勃。看著眼前的「茅屋」、「小溪」、「青草」,使他爽心悅目。正在這時,耳邊傳來柔和的吳音,聽起來格外親切。循著這美妙的聲音望去,原來是一對白髮蒼蒼的老人,正坐在那裡歡快談笑。「醉裡」聽來的吳音別有一番情味,「誰家」也並非刻意相詢,只為了展現鄉村生活的安適和幸福,雖平淡卻溫暖,令人感動。

　　詞的下片富有情趣地描寫了大兒、中兒辛勤勞動和小兒活潑調皮的情態，形象地再現了農家愉快的日常生活。大兒子在溪東豆田耕作，二兒子在院子裡編織雞籠。大孩子們已經開始承擔繁重的勞作，只有小兒子不解世事，躺在溪邊剝食蓮蓬，實在頑皮可愛。「臥」字生動形象，寫出了小兒子天真、可愛又頑皮的特點，極富生活情趣。

【今譯】

　　鄉間的茅屋呀又低又小，
　　溪畔上長滿了嫩綠的野草。
　　酒醉中聽得土語對話格外柔和，
　　是哪家的老翁老婦在親切談笑？

　　大兒子鋤豆田到了溪東，
　　二兒子正默默地編織雞籠。
　　可愛的小兒子沒有事做，
　　卻躺在溪邊剝食蓮蓬。

西江月
夜行黃沙①道中　辛棄疾

明月別枝②驚鵲，清風半夜鳴蟬。稻花香裡說豐年，聽取蛙聲一片。

七八個星天外，兩三點雨山前。舊時茅店社林③邊，路轉溪橋忽見④。

【注釋】
①黃沙：即黃沙嶺，在江西上饒西南。
②別枝：指旁逸斜出的樹枝。
③社林：社，即土地廟。社林，指土地廟周圍的樹林。
④見：同「現」，出現。

【名句】

稻花香裡說豐年，聽取蛙聲一片。

【鑑賞】

這首詞是辛棄疾閒居江西時的作品，描寫了黃沙嶺的夜景，表達了詞人熱愛自然、關心民生、企盼豐年的感情。詞作從視覺、聽覺和嗅覺三方面描寫夏夜的鄉村風光，語言優美如畫，意境恬靜自然，是宋詞同類題材中的佳作。

上片寫晴夜，表達豐收在望的喜悅。晴朗的夜，月色分外皎潔，彷彿連鳥鵲也感受到那份明亮而棲息不定，在旁逸

斜出的枝幹上盤旋飛繞。清風徐來，召喚知了叫個不休，更添夏夜的清幽。起首兩句以動景寫靜景，稍加點染，清幽恬靜的境界全出。接句寫清風不停，送來稻花的香氣，彌散在空中。池塘裡蛙聲陣陣，彷彿在談論那即將到來的豐年，熱鬧無比。以「香」字抒寫詞人內心的喜悅之情，而以蛙聲代人言豐年，是側面烘托的手法。

下片寫雨景，使鄉間夜行充滿意外之喜。開頭兩句使用工整的對仗，「七八個」是說星星稀少，雲層加厚，這是有雨的徵兆，果然「兩三點」雨飄落，預示著即將來到的驟雨。「天外」與「山前」一個極遠，一個極近，相映生趣。夜雨將來，詞人急於尋找一個避雨的地方，就在他轉過溪橋時，忽然在樹林邊看到了舊時熟悉的茅店。這種情景微妙細膩，道出了世間某種情感和人生體驗，很值得反覆玩味。

【今譯】

　　明媚的月光驚動了樹枝上的烏鵲，
　　夜半清風裡知了唱得正歡。
　　在稻花飄散的香氣中讚歎豐年，
　　傾聽那蛙聲陣陣，響成一片。

　　稀疏晶亮的星星在天空閃爍，
　　零零星星的雨滴灑落在山前。
　　記得曾經熟悉的小店就在社林旁邊，
　　轉彎走過溪上小橋，忽然在眼前出現。

點絳唇

丁未冬過吳松①作　姜夔

燕雁無心，太湖②西畔隨雲去。數峰清苦，商略③
黃昏雨。
第四橋④邊，擬共天隨⑤住。今何許？憑欄懷古，
殘柳參差⑥舞。

【作者】

　　姜夔（1155-1221），字堯章，號白石道人，鄱陽（今
屬江西）人。少歲孤貧，身世淒涼。有多種藝術才能，以詞
成就最高，且精通音律。詞多抒寫個人身世感懷，也有關懷
國事的作品。風格清峻，音調和諧。有《白石詞》、《白石
道人歌曲》等。

　　【注釋】
　　①吳松：今江蘇吳江。
　　②太湖：位於江蘇與浙江交界處，以氣象萬千著稱於世。
　　③商略：商量，詞中是醞釀的意思。
　　④第四橋：即甘泉橋，位於吳江城外。
　　⑤天隨：即天隨子，是晚唐陸龜蒙的號，他曾隱居吳江。
　　⑥參差：形容柳枝長短不齊的樣子。

【名句】────────────────

　　數峰清苦，商略黃昏雨。

【鑑賞】────────────────

　　這首詞寫於作者自湖州往蘇州，途經吳江時，表達了對古人的追念之情，寄寓著自己的身世之感，也包含傷時憂世的情懷。

　　上片寫景，意境開闊，氣象萬千。起首兩句寫詞人仰望天穹，只見燕雁自由自在，從太湖西岸隨著雲朵高飛遠去。燕雁本無心，追隨的是季節變化的規律，但在詞人看來，卻是毫不留戀地離去。以燕雁比喻自己的漂泊人生，寄寓身世之傷。接句視線收回，但見寥落遠山，在黃昏裡呈現淒清、冷寂之感，正醞釀著一場驟雨。「商略」賦予遠山人格化的感情色彩，寫雨意將來未來，充滿欲說還休的含蓄意味。

　　下片抒懷，表達感時傷世的情感。首句寫詞人在甘泉橋邊徘徊流連，嚮往能同陸龜蒙一道在此閒居。甘泉橋是晚唐陸龜蒙的隱居之所。詞人半世漂泊，身世淒涼，所以渴望能和仰慕的古人共同隱居於此，過著自在的漁樵生活。「擬」字將故地故人與自己連結起來，打破了時間的界限，溝通了古今的情懷，讓人頓覺滄桑。接句以疑問承上啟下：如今的景況又如何呢？像陸龜蒙那樣的知音既已不在，也只能在無限感慨中憑欄遠眺，看幾株殘柳在蕭蕭寒風中搖曳不定。以無限傷感的晚景，寄寓心中無數欲說還休的情懷，意味深長無盡。

【今譯】

　　燕子和鴻雁不願在此停留，
　　從太湖西岸隨著雲朵飛去。
　　幾座山峰顯得冷落淒荒，
　　聚在一起醞釀著一場黃昏的驟雨。

　　我在甘泉橋邊徘徊猶豫，
　　真希望同陸龜蒙一道垂釣閒居。
　　可如今的景況如何呢？
　　我倚著欄杆懷古傷今，不禁唏噓，
　　只見幾株殘柳在寒風中搖曳，參差不齊。

清平樂　劉克莊

風高浪快，萬里騎蟾①背。曾識姮
娥②真體態，素面元無粉黛。
身遊銀闕珠宮，俯看積氣濛濛③。醉
裡偶搖桂樹④，人間喚作涼風。

【作者】

　　劉克莊（1187-1269），字潛夫，號後村，莆田（今
屬福建）人，南宋著名愛國詞人。他的詞多反映社會現實，
關心國家民族命運，風格雄健。有《後村先生大全集》。

【注釋】
①蟾：蟾蜍，傳說月宮中也有蟾蜍。
②姮娥：即嫦娥，她是久居月宮的仙子。
③積氣濛濛：積氣，層層的霧氣。濛濛，迷茫不清的樣子。
④桂樹：傳說月宮中有一株五百丈高的桂樹。

【名句】

　　醉裡偶搖桂樹，人間喚作涼風。

【鑑賞】

這首詞描寫遨遊月宮的情景。詞作語言灑脫自然，想像豐富奇特，具有濃厚的浪漫主義色彩。

起首兩句寫詞人騎在銀蟾背上，跨過如駭浪翻滾般的雲濤，馳騁過萬里長空，來到了月宮中。這兩句想像大膽奇特，很有氣勢。同時，也可看出作者豪邁不羈的性情和意氣風發的氣質。三、四兩句描寫想像中的嫦娥那秀美婀娜的體態姿容，她不施粉黛，更見天生麗質。以「曾」字寫詞人與嫦娥本是舊識，引人遐想。

下片寫詞人在月宮的所見所為。前兩句寫身在月宮俯瞰人間，只有層層霧氣積聚，下界迷濛不清，可見人間已是相距遙遠。以「銀闕珠宮」來形容月宮的華麗與淒清，而「身遊」和「俯看」則寫出作者自由灑脫和豪放不拘的性格。結尾兩句的想像更顯自然天真。詞人帶著醉意在月宮漫遊，偶然搖動了月中桂樹，哪知竟給人間送去陣陣涼風。詞人身在月宮，卻忘不了人間的炎熱，希望能為他們送去清涼。以輕鬆明快的筆調，抒寫關懷人間疾苦的情懷，情感同樣真摯感人。

【今譯】

風勁吹，浪急驟，雲濤滾滾，
騎在銀蟾背上，馳騁萬里長空。
曾看到嫦娥嬌美的體態和面容，
原來不施粉黛，別有一種風情。

縱遊瓊樓玉閣這華麗的廣寒宮，
俯首鳥瞰下界，天色一片迷濛。
沉醉中偶然搖動了宮中桂樹，
人世間便蕩起一陣陣涼風。

點絳唇
越山^①見梅　劉克莊

春未來時，酒攜不到千巖^②路。瘦還如
許，晚色^③天寒處。
無限新愁，難對風前語。行人去，暗消
春素^④，橫笛空山暮。

【作者】

吳文英（1212-1272），字君特，號夢窗，四明（今屬浙江）人，南宋詞人。吳文英的詞善用典故，語言清麗。有《夢窗集》。

【注釋】
①越山：在今紹興。
②千巖：千巖萬壑，形容越山的綿延險峻。
③晚色：即暮色。
④暗消春素：春素，指春天潔白的梅花花瓣。這句是形容梅花悄悄凋落。

【名句】

行人去，暗消春素，橫笛空山暮。

【鑑賞】

這首詞題詠凌寒開放的梅花，抒寫梅花的風骨與性靈，展現詞人蒼涼冷寂的心緒。詞作意境悠遠空靈，情感纏綿婉約，體現了夢窗詞清疏空靈的特色。

上片寫越山見梅。春還未來，天仍舊冷的時候，人們自然不會帶著酒到這千巖萬壑的越山來探春賞梅。只有詞人獨自前往，才看到凌寒開放的一枝瘦梅。起首兩句寫詞人不願追隨眾人而特立獨行，流露出孤高自許的心態。暮色寒風中，乍見到峭立在高高巖上的梅花，詞人不禁喜出望外。可是細細端詳才覺梅花還是那般孤傲清瘦，心頭又萬分憐惜。「瘦」字寫梅花風骨，讚揚它凌寒開放的高潔脫俗的品性。

　　下片以擬人的手法，抒寫梅花的性靈。詞人固然見梅欣喜，而梅花也把獨自前來的詞人引為知己。可惜，縱然懷有無邊的新愁，也不能在風中彼此傾訴。也許是詞人觸景生愁，也許是梅花「已是黃昏獨自愁」，這「新愁」並無確指，只為傳達空靈難言的心境。接下來的幾句寫詞人離去，空山只餘夕陽暮色，一縷笛聲悠悠迴旋。知音既去，無限惆悵的梅花在風中靜靜凋零了。詞人已把梅花和自己融為一體了，梅花的感傷也是作者自己的感傷。人去花落，以笛聲結束全篇，餘意不盡，引人遐思。

【今譯】

　　春天還沒有到來的時候，
　　人們不會踏上這怪石嵯峋的道路。
　　見到梅花還是那般孤傲清瘦，
　　暮色寒風中峭立在高高的巖頭。

　　縱然懷有無邊的新愁，
　　彼此也很難在風前傾訴。
　　行人離開了，梅花悄悄地凋零，
　　夕陽映照空山，傳來笛聲悠悠。

浣溪沙 春日即事 　劉辰翁

遠遠遊蜂不記家，數行新柳自啼鴉。尋思①舊事即
天涯。

睡起有情和②畫捲，燕歸無語傍人斜。晚風吹落小
瓶花。

【作者】

　　劉辰翁（1231-1297），字會孟，號須溪，吉州廬陵
（今江西吉安）人，南宋愛國詞人。進士出身，曾做過濂溪
書院山長。宋亡後，隱居著書。詞多感傷時事之作，抒發愛
國思想，格調濃郁。有《須溪詞》。

【注釋】
①尋思：思考，回憶。
②和：連同。

【名句】

尋思舊事即天涯。

【鑑賞】

如題所寫，詞人擷取春日種種景物與情境，繪成一幅春思圖。詞作流露出一種淡然而又繾綣的思緒，暗藏著羈旅天涯的思鄉之情。

開頭兩句寫極目所見，均是春日的尋常景致。視線隨著飛舞的遊蜂移動，看牠們愈飛愈遠，忘記了回巢；行行嫩柳在風中搖曳，耳邊傳來烏鴉的啼叫聲。「不記家」是以遊蜂暗喻詞人遠遊天涯，不能返鄉，流露出對家鄉的思念之情。歷來春柳送別，鴉啼思歸，均寄寓著鄉思離愁。於是，自然催促詞人追索難忘的前塵往事，然而往事不堪回首，稍一回首，便如同天涯相隔。「天涯」既寫離鄉日久，又寫相隔遙遠，喻歸鄉難得。

下片仍以寫景為重。開始一句緊承上片，寫春睡醒後心情百無聊賴，無心賞畫，就將畫幅和思緒一同捲起。「情」本不可捲，詞人將之擬物，既使無形的思緒變得可觸可感，又蘊含鬱結不得舒展之意。接句寫景，以景物反映人的心態。暮色來臨，歸巢的燕子在人前斜飛款款，彷彿無言陪伴；晚風吹起，瓶中的鮮花靜靜凋謝，不與人言。以清淡的春景，抒寫淺淺的哀怨和孤寂，彌漫悵惘而不可言說的情緒，令人回味。

【今譯】

遊蜂漸飛漸遠，忘記了回家，
行行嫩柳搖曳，還有啼叫的烏鴉。
追尋往事啊，就如同相隔天涯。

睡醒後情思和畫幅一同收捲，
燕子悄悄歸來，斜飛在人前。
晚風吹起，瓶中的鮮花已經凋謝。

聞鵲喜
吳山①觀濤　周密

天水碧，染就一江秋色。鼇戴雪山龍起蟄②，快風
吹海立。
數點煙鬟青滴③，一杼霞綃④紅濕。白鳥明邊帆影
直⑤，隔江聞夜笛。

【作者】 ————————————————————

　　周密（1232-1308），字公謹，號草窗，
吳興（今浙江湖州）人，南宋文學家。與
吳文英齊名，並稱「二窗」。詞作
格律嚴謹，文詞優美。有
《草窗詞》，編
選有《絕妙好
詞》。

【注釋】

①吳山：位於杭州，為春秋時吳國和越國的分界山，一面臨西湖，一面臨錢塘江。

②鼇戴雪山龍起蟄：鼇，傳說中的海中巨龜。蟄，本指動物冬眠，這裡是潛伏的意思。

③煙鬟青滴：鬟，髮髻。煙鬟，形容被煙嵐籠罩的遠山。青滴，青翠欲滴。

④一杼霞綃：杼，織布用的梭子。綃，一種絲織品。

⑤白鳥明邊帆影直：白鳥，指鷗鷺一類的水鳥。明邊，形容霞光映照，泛出點點光亮。直，矗立。

【名句】

　　白鳥明邊帆影直，隔江聞夜笛。

【鑑賞】

　　錢江大潮歷來是文人墨客喜歡吟詠的題材，這是其中比較有特色的一首。詞作想像大膽雄奇，比喻生動貼切，讀來如身臨其境。

　　上片寫錢塘江潮的壯闊景象。起首兩句寫江潮未來時的景致。時值八月，秋意十分，錢塘江水天一色，蔚藍如洗。以潮未來時波平浪靜的景致，為後文氣勢磅礴的江潮做鋪墊。三、四兩句運用奇特大膽的比喻，展現錢塘江潮的宏大氣勢。那江潮洶湧而來，好像巨鼇背負著雪山，又像是蛟龍從夢中驚醒，跳躍飛騰；彷彿是一陣迅疾的大風，把江水吹得整個豎立起來了。「立」字看似平淡無奇，實則氣魄宏偉，把潮水的猛烈和壯闊刻畫得淋漓盡致。

　　下片寫潮去後的景致。遠遠幾處青山如美人的秀鬢，雖有朦朧的煙靄籠罩，仍然蒼翠欲滴。天邊一抹晚霞像剛織就的紅綃，帶著潮水浸潤後的濕意，燦爛無比。以遠山和晚霞的青翠和鮮潤，抒寫潮水過後天地浩渺的景象。「青」、「紅」與下句的「白」，色彩明豔亮麗，為畫面增添了豔麗的色調。結尾句寫江上白鷗翻飛，帆影高聳，隔江聽聞對岸傳來悠悠笛聲。「明邊」寫白鳥映照夕陽而飛翔，點點光影明滅閃現的景象，生動而貼切。以笛聲收束全篇，寫江潮過後的寧靜，頗有餘音嫋嫋的韻味。

【今譯】

　　天光和水色蔚藍一片，
　　染成了錢塘江秋色無邊。
　　洶湧的潮水似巨鼇馱起雪山，蛟龍甦醒騰躍，
　　忽而狂風大作，吹捲潮頭豎立倒轉。

　　風停潮息，遠山點點蒼翠如美人的秀鬢，
　　一抹紅霞如綾綃般鮮潤燦爛。
　　江上白鷗翻飛，帆影直聳，明滅閃現，
　　隔著江岸夜笛聲聲傳得很遠很遠。

鷓鴣天 盧祖皋

庭綠初圓①結蔭濃，香溝收拾樹梢紅②。池塘少歇鳴
蛙雨，簾幕輕回舞燕風。
春又老，笑誰同③？澹煙④斜日小樓東。相思一曲臨
風笛，吹過雲山第幾重？

【作者】

　　盧祖皋，生卒年不詳，字申之，號蒲江，溫州永嘉（今
屬浙江）人，南宋詞人。他的詞細緻淡雅，文句工巧。有
《蒲江詞》。

【注釋】
①庭綠初圓：庭綠，指庭院裡植物的綠色葉片。初圓，剛剛長成，
　綠色濃郁。
②香溝收拾樹梢紅：香溝：指溝渠。收拾，容納，收容。樹梢紅，
　指飄落的花瓣。
③笑誰同：和誰一起歡笑。
④澹煙：稀薄的霧氣。

【名句】

　　相思一曲臨風笛，吹過雲山第幾重？

【鑑賞】

　　這首詞表達了作者對春的眷戀之情，也蘊含著年華易逝的感慨。詞作語言秀綺多姿、清麗明快，情感真摯纏綿，富有濃厚的詩意，令人回味無窮。

　　上片句句寫景，展示了一幅風光綺麗的暮春之景。庭院裡綠葉剛剛長成，圓潤如蓋，已能撐起一片濃蔭。花瓣不停飄落於溝渠中，被多情的溝渠收留，於是連溝渠也被薰染得香味四溢。「圓」字生動形象地寫出了綠葉飽滿舒展的姿態，而「收拾」二字把溝渠對落花的容納寫得極有情趣。接句描寫雨後初晴的風光。池塘一陣春雨過後，傳來陣陣蛙鳴，熱鬧十分；簾幕隨風輕拂，彷彿是燕子往來穿梭，帶來陣陣微風。語言明快，對仗工整。

　　下片抒懷。前幾句寫春天又將離去，誰人與我相伴歡笑呢？只能獨自登上淡煙籠罩的小樓，看夕陽西下。一「老」一「同」，把景和人巧妙地連接起來。「澹煙」營造出朦朧靜美的氣氛，讓人有些許淡淡的憂傷。「斜日」和上片的「樹梢紅」遙相呼應，可見春光的流逝。結尾寫詞人獨自臨風望遠，沒有知音可以訴說心事，就將滿腹的幽思託付給悠遠的笛聲，卻不知那笛聲能飄過雲霧山峰的第幾重？

【今譯】

　　庭院裡綠葉如蓋撐起一片濃蔭，
　　飄香的溝渠流盡了枝頭枯萎的花魂。
　　池塘細雨初歇，傳來陣陣蛙鳴，
　　簾幕隨風起舞，似燕子穿飛弄影。

　　春天又要老去，笑問有誰伴同？
　　淡淡的煙霧裡，夕陽斜照著小樓以東。
　　一懷幽思託付給悠遠的笛聲，
　　不知能飄過雲霧山峰的第幾重？

霜天曉角　蔣捷

人影窗紗，是誰來折花？折則從他①折去，知折去、向誰家？

簷牙②，枝最佳。折時高折些。說與折花人道：須③插向、鬢邊斜。

【作者】

　　蔣捷，生卒年不詳，字勝欲，號竹山，陽羨（今江蘇宜興）人，與周密、王沂孫、張炎並稱「宋末四大家」。他的詞多抒發故國之思，風格悲涼清俊，造語奇巧，在宋代詞壇別具一格。有《竹山詞》。

【注釋】
①從他：任他，聽憑他。
②簷牙：屋簷邊高高翹起如牙的部分。
③須：必得，應當。

【名句】

　　說與折花人道：須插向、鬢邊斜。

【鑑賞】

　　這首詞很有特色，以口語化的語言，記錄某個生活場景，通過細膩的心理活動和語言描寫，刻畫了人物形象，給人耳目一新之感。

　　起首兩句寫人來折花，作者的構思非常巧妙，以一個美麗的疑問來點出。看到人影透過紗窗，朦朧而雅致，是誰人來自家院中折花呢？不禁讓人浮想聯翩。想折花就隨她折去吧，只是不知道花枝折去後會插向誰家？仍是心理描寫，卻微妙曲折，很有情趣。花的主人，他的心情是閒淡的、善意的；折花的人，她的姿態是美麗的、婀娜的。「向誰家」三字出語平靜自然，卻把讀者的思緒引向了更深處、更遠處。

　　下片是花的主人對折花人所說的話。你看到了嗎？那枝斜依在房角屋簷上的花是最好看的，要折就攀援高枝把它折下來吧。「簷牙」兩字獨詞成句，突出了特定的地點，帶給讀者豐富的想像。「高折些」三字輕柔親切，讓人倍感溫馨。輕聲囑咐折花的少女：花枝要斜插在烏黑的鬢髮中，才不會辜負它的美麗。渲染寧靜而美麗的畫面，又流露出些許寂寞。

【今譯】

　　寂寞庭院裡人影映上窗紗，
　　是誰人來這裡悄悄折花？
　　想折花就隨她折去，
　　竟不知花枝折去插向誰家？

　　那斜依在房角屋簷的花枝最佳，
　　要折就攀援高枝多折它。
　　輕聲囑咐折花的少女：
　　花枝要斜插在烏黑的鬢髮。

第四篇　金元

訴衷情　吳激

夜寒茅店不成眠。殘月照吟鞭①，黃花細雨時候，
催上渡頭船。
鷗似雪，水如天，憶當年。到家應是，童稚②牽
衣，笑我華顛③。

【作者】

吳激（1090-1142），字彥高，號東山，建州（今福
建建甌）人，金代文學家、書畫家。北宋末年出使金國，被
強留為官。詞與蔡松年齊名，稱「吳蔡體」，流傳較少，但
影響頗大。有《東山樂府》。

【注釋】
①吟鞭：指詩人的馬鞭。
②童稚：孩童。
③華顛：形容頭髮花白。

【名句】

到家應是，童稚牽衣，笑我華顛。

【鑑賞】

這首詞以質樸自然的語言，抒寫久別歸鄉的情懷，真摯動人。

上片抒寫詞人歸心似箭的心情。起首句寫在寒意深濃的夜晚，詞人寄宿於茅草小店，卻夜不成眠。久在異國他鄉而遠離故土親人，今日踏上歸程，心中自然有千種喜悅、萬般感慨。以「不成眠」暗寫詞人的複雜心緒。接句寫詞人按捺不住興奮激動的心情，終於乘著月色獨自上路了。雖是殘月，卻因詞人且走且歌吟而流露無限喜悅之情。結尾句點明季節，正是菊花初綻的時節，細雨綿綿濕潤遊子的心；快馬來到渡口，眼前是喧鬧無比的熱鬧景象，船家正催促人們登上客船。在歸心似箭的遊子眼中，不但萬物有情，連船家也變得善解人意。以環境描寫烘托心情，使情感層次更豐富。

下片寫歸程所見與所想。一路上但見水鷗潔白如雪，江水湛藍如天，正是秋高氣爽的好時節。以令人心曠神怡的景物，抒寫詞人此時開闊清朗的胸襟，情景有機交融。離故鄉愈近，愈是禁不住追憶當年。往事歷歷，卻盡在不言中，給讀者留下想像空間。結尾句以想像抒寫悲欣交集的心態。歸家後會如何呢？恐怕是孩子們歡快地牽衣扯袖，笑「我」白

髮蒼顏。以兒童不解世事的天真歡笑，抒寫歲月無情、遊子老去的滄桑心態，以及萬里歸鄉、共享天倫的無限喜悅。

【今譯】────────────────────

寒冷的茅草小店裡夜不成眠，
一彎殘月映照，我揚鞭上路。
黃花初綻，細雨綿綿，渡口聲喧，
船家正催促人們登上客船。

水鷗潔白如雪，江水湛藍如天，
禁不住追憶當年。
回到家裡恐怕是，
兒女牽著衣袖，笑我白髮容顏。

鷓鴣天　蔡松年

秀樾橫塘①十里香，水花晚色靜年芳②。胭脂雪瘦
薰沉水③，翡翠盤高走夜光④。

山黛遠，月波長。暮雲秋影照瀟湘。醉魂應逐凌
波⑤夢，分付⑥西風此夜涼。

【作者】

　　蔡松年（1107-1159），字伯堅，號蕭閒老人，真定
（今河北正定）人，金代文學家。作品風格雋爽清麗，詞作
尤負盛名。有《明秀集》。

【注釋】

①秀樾橫塘：秀樾，疏疏落落的樹影。橫塘，池塘。
②水花晚色靜年芳：水花，水中的荷花。年芳，指一年中最美的
　時光。
③胭脂雪瘦薰沉水：胭脂雪，形容紅白相間的顏色。沉水，即沉
　香，一種香料。
④翡翠盤高走夜光：翡翠盤，指荷葉。夜光，一種玉珠，詞中形容
　荷葉上滾動的水珠。
⑤醉魂應逐凌波：醉魂，形容賞花時陶醉的心魂。凌波，即凌波仙
　子，指荷花。
⑥分付：吩咐，囑咐。

【名句】

胭脂雪瘦薰沉水，翡翠盤高走夜光。

【鑑賞】

這是一首詠荷詞，描寫的是初秋黃昏時的荷塘月色。詞作語言淡雅清新，意境恬淡溫馨，令人流連忘返。

上片寫荷花情態。起首句描繪荷塘晚景，別具風致。十里荷塘，香氣四溢，四周環繞著稀疏的樹影，景致分外清幽。傍晚時分，水中亭亭玉立的荷花更顯風致嫣然，香氣也愈加明顯，正處在最美的華年。以「靜」字寫荷花的清新高雅，展現其不與世同濁的高貴品性。三、四句把荷花比作一位美麗動人的姑娘，以濃墨重彩渲染荷花的風情。她的膚色像胭脂般明豔，又如凝雪般晶瑩；她風姿動人，楚楚可憐，幽幽的清香如同點起沉香般令人陶醉；荷葉亭亭帶露，好似她高舉起翡翠盤，盤中玉珠跳蕩。既寫作者對荷花的喜愛之情，又刻畫了荷花高潔脫俗、與眾不同的情態。

　　下片仍是寫景，境界卻更為幽遠。前三句把視線延伸到遠處。遠山蒼翠如黛，月波流轉悠長，暮雲秋景全都在水中蕩漾。寫遠處的群山，寫荷上的明月，營造出清幽朦朧、恬淡靜美的意境。「瀟湘」非實景，借指此時的月影秋江，別有含蓄的美感。最後兩句寫詞人的心願：願意追逐凌波仙子那輕盈的步伐，靜靜地享受良夜清風。抒寫對荷塘月色留戀難捨的心境，同時流露出珍惜華年的情懷。

【今譯】

綠樹成蔭，荷塘深幽，處處彌漫清香，
荷花在傍晚更顯得恬靜、芬芳。
胭脂般明豔，凝雪般晶瑩，暗香陶人醉，
荷葉帶露高舉好似翡翠盤中玉珠跳蕩。

遠處蒼山如黛，塘中月光悠長，
暮雲秋景全都在水中蕩漾。
賞花的心神恐是追逐荷花的仙姿，
才囑咐西風今夜定要涼爽。

清平樂　元好問

村墟瀟灑①，似是朱陳②畫。神武衣冠③須早掛，
可待兒婚女嫁。
山深水木清華，漁樵好個生涯。夢想平橋南畔，
竹籬茅舍人家。

【作者】

元好問（1190-1257），字裕之，號遺山，太原秀容（今山西忻州）人，金著名文學家。他的詩詞多抒寫國事的艱辛與人民的苦難，反映了金元之際的社會現實，風格沉鬱，慷慨多悲，在金詞中成就最高。有《遺山樂府》。

【注釋】
①村墟瀟灑：村墟，村莊。瀟灑，自然大方。
②朱陳：古村名，以祥和安寧著稱。
③神武衣冠：神武，南宋初年的軍隊名稱。衣冠，指軍人穿戴的冠帽服飾。

【名句】

山深水木清華，漁樵好個生涯。

【鑑賞】

這是一首描寫農家生活的詞作，語言平易，情感真摯，表達了作者對安定生活的嚮往之情，也流露出憂國憂民的情懷。

上片寫村莊景象，抒發感懷。眼前這小小的村落安詳寧靜，好像當年的朱陳一樣，古樸而有風味。「瀟灑」二字本來指人，這裡用來形容眼前的村莊，可見作者的喜悅之情。村莊的自然和諧打動了詞人的心，心中升起退隱的念頭。自然接入下句，寫對自己的勸導：辭官歸田可是要早作打算了，不能等到兒女婚嫁那天才行動。以「神武衣冠」代指軍

隊，寫作者希望早日結束戰爭，恢復祥和安定的生活秩序。「須」和「待」字，貼切地表達出作者的急切心情。

下片寫景，半是實景，半是想像，藉以表達願望。詞人在山中漫步，只見流水淙淙，綠樹成蔭，風景十分幽美；勤勞的人們或打漁或砍柴，一派繁忙光景。用語質樸平淡，卻創造了恬淡清新的境界，表達對農村生活的嚮往。「好個」二字，以口語入詞，親切真摯。結尾句是作者的夢想，希望在那平坦的溪橋南岸，有一處竹籬笆圍起的小小院落，那便是桃源仙境了。詞人通過夢境來比照現實，夢想中原戰事已經平息，人們都過上了安居樂業的田園生活，更強化對安寧平靜的生活的渴盼。

【今譯】

小小的村落啊自在從容，
好似當年那古樸的朱陳。
辭官歸田可要早作打算，
何必等待兒女婚嫁才行動？

深山中流水淙淙，綠樹陰陰，
打漁砍柴一派好光景。
夢想那平坦的溪橋南岸，
竹籬笆、茅草房便是我的桃源仙境。

江月晃重山

初到嵩山①作　元好問

塞上秋風鼓角，城頭落日旌旗。
少年鞍馬適相宜②。從軍樂，
莫問所從誰。
候騎才通薊北③，先聲已動遼西④。
歸期猶及柳依依。春閨月，
紅袖⑤不須啼。

【注釋】
①嵩山：五嶽名山之一，位於河南登封北。
②適相宜：適，正，恰好。相宜，形容彼此適合。
③候騎才通薊北：候騎，擔任偵察巡邏任務的騎兵。通，到達。薊
　北，薊州（今天津薊縣）地區。
④遼西：今遼寧遼河以西。
⑤紅袖：詞中指閨中盼歸的婦女。

【名句】

塞上秋風鼓角，城頭落日旌旗。

【鑑賞】

一二一八年，元兵南下，元好問避亂登封，這首詞就寫於此時。作者登上嵩山，遙望塞北，描摹壯麗的邊塞風光和想像中的勝利凱旋，抒發渴望為國殺敵建功的慷慨豪情，洋溢著積極樂觀的情懷。

起首兩句寫塞上風光：正是秋風蕭瑟的時節，夕陽西下，城上旌旗獵獵飄動，時時能聽到軍中的鼓號聲聲。對仗工整，雄渾壯闊，渲染了塞上特有的氛圍，也為全詞奠定豪邁的基調。接句描寫軍中生活，表現戍邊戰士的自豪和激情。秋風塞上，正適合翩翩少年跨馬乘鞍，縱橫馳騁。從軍自有從軍的快樂，但求為國殺敵，何須打聽是誰帶兵！表達樂觀的情感，也展現將士們的無悔和豪情。

下片描寫凱旋而歸。前兩句以想像中的戰況，寫凱旋之日就在眼前。派出偵察的騎兵才剛到達薊北，部隊的威名

已傳遍遼西。寫部隊的聲威之壯，表達必勝的信念。現在正是秋季，凱旋歸來肯定趕得上來年楊柳依依的春景。而那整日裡思念親人的少婦們，也不必在明月映照的春夜啼哭傷心了。楊柳依依，本是為送別而纏綿感傷，此時卻成為迎接凱旋的象徵。從秋節到春日，寫勝利凱旋指日可待，以激昂的情緒表達必勝的信念。

【今譯】

塞上秋風蕭瑟，鼓號時時相聞，
城頭夕陽西下，旌旗獵獵飄動。
翩翩少年跨馬乘鞍，縱橫馳騁。
為國從軍快樂啊，
無須打聽誰帶兵。

派出偵察的騎兵才通過薊北，
部隊的威名已在遼西傳頌。
凱旋歸來還趕得上楊柳依依的春景。
在那春天明月映照的夜晚，
獨守空閨的少婦不必啼哭傷心。

西江月　段克己

人與寒林共瘦，山和老眼俱青。琤然①一葉不須驚，葉本無心入聽。

氣爽雲天改色，潦②收煙水無聲。夕陽洲外片霞明，涵泳③一江秋影。

【作者】───────────

　　段克己（1196-1254），字復之，號菊莊，絳州稷山（今屬山西）人，金代文學家。與弟弟段成己共有文名，時人稱「二妙」。詞作多描寫山水風光與隱逸生活，也有抒寫故國之思，關心民間疾苦的作品。詞作骨力勁挺，意境蒼涼。有《二妙集》。

【注釋】

①琤然：象聲詞，多擬琴音或流水聲，詞中形容聲音清脆。

②潦：路上的流水、積水。

③涵泳：沉浸，包含。

【名句】

人與寒林共瘦，山和老眼俱青。

【鑑賞】

這首詞寫秋景，表達詞人淡泊的心聲，以及與自然為友的理想和追求。詞作語言清麗，意境淡遠，像一幅明淨清幽的山水畫，讓人流連忘返。

上片寫山與林。起首兩句描繪深秋蕭索的景致。秋風吹落林葉，只剩枯寒的枝幹；遠山一片黛色，迷濛蒼茫。這是詞人的「青眼」所見。以「共」、「俱」等字，寫詞人與寒林、與青山似乎心心相通，頗有親近之感，流露出見自然而喜悅的心情。接句寫天地岑寂，葉落琤然有聲。有什麼值得驚慌呢？這是落葉的無心之舉，本不想被人聽去。以「琤然」寫出自然的天籟之聲；以「無心」勾畫自然的自在自為。通過人與自然的親近與融合，寫出詞人閒適恬然的心態。

下片寫水。開頭兩句寫深秋時節，天高氣爽，雲天更為清澈；路上積水已乾涸，江中煙水茫茫，一片靜謐。描繪明淨爽朗的秋景，令人胸襟澄澈。結句寫晚景。晚霞斑爛，映

照沙洲，秋江倒映雲天，好一派明淨的秋光。作者的視線回到江水之上，「秋影」盡收眼底，這種意境清淨豁朗，的確令人意馳神往。

【今譯】

　　人同寒林一樣消瘦，
　　山如我的老眼般發青。
　　琤的一葉飄落不必驚慌，
　　此聲本來無心去聽。

　　秋高氣爽，雲天為之變得清澈，
　　收盡茫茫煙水，悄然無聲。
　　夕陽映照沙洲，晚霞分外鮮豔，
　　江水中浸滿了秋天的麗影。

浣溪沙　王惲

綠樹連村際①碧山，春風吹水漲黃灣②。沙汀③蘋
滿釣舟間。
薄宦崎嶇清議裡④，風煙吞吐畫圖間。夕陽明處鳥
飛還。

【作者】

　　王惲（1227-1304），字仲謀，號秋澗，衛州汲縣
（今河南衛輝）人，元代詞人。曾任監察御史等職，為人剛
正不阿。有詩文集《秋澗集》。

【注釋】
①際：連接。
②黃灣：在今浙江海寧市東南，南臨錢塘江。詞中應非確指。
③沙汀：水邊或水中的平地。
④薄宦崎嶇清議裡：薄宦，卑微的官職。崎嶇，形容仕途坎坷。清
　議，指對時政的議論。

【名句】

綠樹連村際碧山，春風吹水漲黃灣。

【鑑賞】

這是一首描寫春天風光的詞作，表達出作者對仕途生活的感慨，以及對寧靜淡泊人生的嚮往。

上片寫春天景致。起首一句寫綠樹環繞村莊，村莊背依青山。以「連」字寫綠樹的蔥籠茂盛，以「際」字寫遠山的連綿起伏，用語生動貼切，寫出村莊優美的環境和靜謐的氣氛。接句寫春風吹起，春水漲滿河灣；沙洲上浮萍茂盛起來，阻礙了往來的釣船。詞中「黃灣」應不是指現實中的黃灣，作者取「黃」字與上句的「綠」、「碧」共同渲染春天明豔的色澤。以「吹」字寫春來水漲，充滿輕盈的美感。「釣舟」的出現，則使這畫面更加生動，別具生活氣息。

下片情景交融。起首句寫作者對世事的失望。人們常常議論說，仕途向來是艱難坎坷的。人事的浮沉變化，就有如畫圖中風煙的團聚消散。藉他人的議論，表達內心對宦遊漂泊的失望與感慨。以人世如畫圖的比喻，抒寫對世事的了然，表達放達的心態。結句寫景，黃昏來臨，鳥兒掠過夕陽，匆忙還巢。飛鳥的加入增加了動態美，使畫面顯得輕靈可愛。詞人描繪明麗的晚景，藉以抒發對寧靜淡泊人生的嚮往。

【今譯】

綠樹連著村莊，依著青山，
春風吹起水波漲滿了河灣。
沙洲上茂盛的浮萍遮擋了釣船。

人們都在議論仕途艱難，
就像人間世事在畫圖中變幻。
夕陽照亮的地方鳥兒已經飛還。

清平樂　劉因

雨晴簫鼓①，四野歡聲舉。平昔飲山今飲雨②，來
就老農歌舞。

半生負郭③無田，寸心萬國豐年。誰識山翁樂處，
野花啼鳥欣然。

【作者】

　　劉因（1249-1393），字夢吉，號靜修，容城（今屬
河北）人，元代著名詞人。詞風多變，或婉約或豪放，多抒
發古今興亡的感慨。有《靜修集》。

【注釋】

①簫鼓：吹簫打鼓，形容歌舞場面。

②平昔飲山今飲雨：平昔，平時，過去。飲山，指因為山居快樂而飲酒。

③負郭：語出《史記‧陳丞相世家》，指窮巷或貧居。

【名句】

誰識山翁樂處，野花啼鳥欣然。

【鑑賞】

雨後初晴，鄉野村民載歌載舞慶祝「好雨知時節」。這首詞描寫的正是這樣的村野生活樂趣，表達了作者渴望豐年的樸素願望。

開頭寫一場好雨過後，鄉村一片喧鬧，人們載歌載舞慶祝這場及時雨，簫鼓聲和人們的歡呼聲摻雜在一起，熱鬧非凡。這歡騰的場面感染了作者，他深深地陶醉其中。平日裡開懷飲酒只因為山居生活的閒適愜意，今日卻是因為這場知時節的好雨。作者開懷暢飲之後，又帶著微醺的酒意，與老農們一起手舞足蹈起來。描寫村民們慶祝及時雨的場面，洋溢著發自內心的喜悅之情，十分感人。

下片抒發作者甘於貧困卻又心憂天下的情感。起首用一組對仗句道出自己貧窮的現狀和對百姓安康的企盼。半生窮困潦倒，身無長物，惟有寸心祈盼天下萬世都是豐年。「半生」與「寸心」相對，表達作者無怨無悔、心懷天下的情感，真摯而可貴。結尾兩句抒懷。有誰懂得鄉間老農的快

樂呢？只要看到野花開放，聽聞鳥雀啼叫，就覺得快樂滿足。運用設問的修辭手法，自問自答，表達了作者內心的喜悅和自足。

【今譯】

　　雨過天晴，簫鼓聲聲，
　　鄉村的四周啊一片歡騰。
　　平日飲酒慶山居，今為賀雨豪飲，
　　連我也禁不住來伴歌舞的老農。

　　半世貧居沒有田園，
　　寸心悠悠祈願天下豐年。
　　有誰懂得鄉間老人的快樂？
　　野花開，鳥雀啼，倍覺欣然。

念奴嬌　薩都剌

石頭城①上，望天低吳楚②，眼空無物。指點六朝
形勝地③，惟有青山如壁。蔽日旌旗，連雲檣櫓，
白骨紛如雪。一江南北，消磨多少豪傑。
寂寞避暑離宮④，東風輦路⑤，芳草年年發。落日
無人松徑裡，鬼火⑥高低明滅。歌舞尊前，繁華鏡
裡，暗換青青髮。傷心千古，秦淮一片明月。

【作者】

　　薩都剌（1305？-1355？），字天錫，號直齋，雁門
（今山西代縣）人，回族（一說蒙古族），元代著名文學
家。常用詩詞表述政見，揭露統治者的驕奢淫逸，詞風豪
放、沉鬱。有《雁門集》。

【注釋】
①石頭城：即金陵城，在今江蘇南京。
②吳楚：指長江中下游地區。
③六朝形勝地：六朝，指在南京定都的六個朝代：
　吳、東晉、宋、齊、梁、陳。形勝地，指地理
　位置優越、地勢險要的地區。
④離宮：古代帝王出巡時的住所。
⑤輦路：指皇帝車駕所經過的道路。
⑥鬼火：即磷火，因白骨所含
　的磷質而生成。

【名句】

傷心千古，秦淮一片明月。

【鑑賞】

這是一首雄渾悲慨的弔古抒懷詞。

起首寫詞人站立石頭城上遙望吳楚大地，雲暗天低，一派蒼涼，滿目空寂。當年六朝繁華早已不再，只留下蒼莽的山巒峭壁，仍然如此險要。作者登高遠望，指點江山，生出無限物是人非的感慨，滄桑而凝重。接句回想當年，如一幅歷史長卷，勾畫昔日戰爭的慘烈。戰旗遮天蔽日，船艦連接如雲，戰死者的白骨如雪紛亂。以誇張和比喻手法，寫出古戰場上戰事的頻繁和慘烈。結尾句直抒胸臆。六朝更迭，群雄逐鹿於長江兩岸，有多少英雄豪傑隨著江水東逝。這感慨字字沉重無比，把情感推向高潮。

下片抒寫深沉浩茫的人生感慨。當年的避暑行宮如今孤寂無人，曾沐浴春風的皇家御道，年年雜草遍地。夜幕降臨，獨自行走在荒涼的松間小路，只有點點鬼火時暗時明。「鬼火」照應上文的「白骨」，寫盡了六朝故宮的幽暗蕭條。接句寫縱有美酒歌舞，也難逃鏡中青絲變白髮。以「暗」字寫繁華易逝，人生短促，充滿滄桑意味。結尾抒發深沉的感慨：千古興亡都已隨流水逝去，只有照映秦淮的明月依然如故。抒寫繁華易逝、往事如煙的歷史滄桑，低沉而哀婉。

【今譯】

我站在石頭城上，
遙望吳楚大地，雲暗天低，
滿目一片空虛。
你看當年六朝繁華的舊址，
如今只留下蒼莽的山巒峭壁。
遮天蔽日的戰旗，
連接雲彩的檣帆，
古戰場啊早已化作白骨紛紛如雪飛。
長江兩岸，群雄逐鹿，
竟有多少英雄豪傑隨著流水逝去。

坐落郊外的避暑行宮異常孤寂，
那沐浴春風的皇家御道，
年年雜草生發遍地。
太陽落山無人經過，松間小路冷淒淒，
夜幕下磷火閃爍時暗時明，忽高忽低。
縱有美酒歌舞相伴，也難逃避，
對著鏡子端詳自己，
青絲變白髮，容顏已老去。
傷感啊，千年的往事歷歷，
秦淮河畔明月依依。

第五篇　明清

減字木蘭花

姚江①阻雨　趙寬

寒風吹水，微波皺作魚鱗②起。
白雨橫秋，秋色蕭條動客舟。
疏鐘③何處？知在前村黃葉樹。
茅屋誰家？荒徑無人菊自花④。

【作者】

趙寬（1457-1505），字栗夫，號半江，吳江（今屬江蘇）人。明代詞人，擔任過刑部郎中、廣東按察使等官職。他的詩詞雄渾秀整。有《半江集》。

【注釋】
①姚江：在今浙江餘姚南，又名「菁江」。
②魚鱗：形容水的波紋。
③疏鐘：指時有時無、若隱若現的鐘聲。
④菊自花：菊花獨自開放。

【名句】

白雨橫秋，秋色蕭條動客舟。

【鑑賞】

這是一首描寫秋天景致的詞作，寓情於景，清疏淡遠，回味悠長。

上片寫江景，景中含情。起首兩句寫水面微波。蕭蕭秋風掠過姚江水面，帶來微微的漣漪，彷彿片片的魚鱗。以「魚鱗」形容水波被風吹皺後的形狀，生動貼切。著一「寒」字，秋意更顯深濃。接句寫秋雨。一陣秋雨一陣寒，寒風過後，一陣茫茫的秋雨令天地更加蕭索。那濃重的秋意怎不觸動客舟中旅人的心事？「橫」字寫秋雨的迅急，也寫秋意的深廣，營造蕭條的氛圍。以「客舟」寫詞人天涯羈旅，偏又有秋風秋雨相襲，心事更加蒼茫。

　　下片仍是寫景，令人回味無盡。秋雨橫秋，秋意襲人，正當作者為十分秋色有所感觸時，從遠處傳來稀疏的鐘聲。循聲望去，原來是黃葉樹林間一處小小的村落。以「疏」字形容鐘聲的若有若無，營造出空靈曠遠的境界。村頭幾幢茅屋，又是誰家院落呢？屋旁荒棄的小路，只有幾叢菊花獨自開放。以「荒」字寫秋境的蕭條，與上片的「寒」字呼應。荒徑之上菊花靜靜開放，即使美麗也難掩「寂寞開無主」的情懷。雖無一字直寫，但遠遊的孤寂與悲秋的寂寥，都襲上心頭。言盡而意無窮，引人無限低徊。

【今譯】

寒風吹動了姚江寬闊的水面，
微波乍起猶如魚鱗一片片。
白茫茫的秋雨鋪天蓋地，
秋光蕭瑟，旅人企盼早日開動歸家的客船。

稀稀落落的鐘聲來自哪裡？
來自前方村落黃葉樹林中間。
村頭幾處茅草房又是誰家？
小路荒蕪，只有幾株野菊開花點點。

臨江仙　楊慎

滾滾長江東逝水，浪花淘盡①英雄。是非成敗轉頭空。青山依舊在，幾度夕陽紅。

白髮漁樵江渚②上，慣看秋月春風。一壺濁酒喜相逢。古今多少事，都付笑談中。

【作者】

　　楊慎（1488-1559），字用修，號升庵，新都（今屬四川）人，明代文學家。少有才名，曾任翰林院修撰，後因直言抗諫而被貶至雲南，留居三十年。楊慎對詩、文、詞、散曲、雜劇等都有涉獵，著作廣博，內容豐富。他的詞寫得清新綺麗。有《升庵集》。

【注釋】
①淘盡：蕩滌一空。
②渚：指水中的小塊陸地。

【名句】

青山依舊在，幾度夕陽紅。

【鑑賞】

這首詞是楊慎所著《廿一史彈詞》中《說秦漢》的開場詞，後曾用於《三國演義》的開篇。詞作以富含哲理的語言，抒寫達觀淡泊的人生態度，是膾炙人口的名篇。

上片即景抒懷。開頭兩句寫長江浩蕩東流，浪花飛濺，有多少英雄豪傑浮沉其中。以浩瀚江水喻指歷史長河一去不返，營造廣漠的時空感。無論曾怎樣叱咤風雲，終抵不過時間長河的蕩滌，那些是是非非、成敗得失的歷史陳跡，轉瞬成空。以「空」抒寫歷史變遷、英雄逝去的感慨。這樣興亡盛衰變遷的情形，就有如那岸邊橫亙千古的青山，映照過幾度夕陽紅。「青山」象徵時間的亙古悠長，又宛如自然的恆久不變；而那美麗的夕陽代表人世最美好的時光，美麗卻短暫。以景語蘊含深刻的人生哲理，令人感傷。

下片寫人。江中岸上往來的是白髮蒼蒼的漁樵，他們早已看慣了春花秋月的景致，見慣了是非成敗的變遷。以「慣」字寫漁樵淡然處世的人生態度，得失榮辱不縈於心。接句寫老友江上偶然相逢，把酒談笑，多少英雄事蹟，盡入

漁樵閒話中。把酒，縱論天下，曠達而淡泊，正是作者理想
人生的寫照。

【今譯】

　　波濤洶湧的長江奔流向東，
　　浪花飛濺淘盡了多少英雄。
　　是與非、成與敗轉瞬間變得空空。
　　青翠的山巒依然屹立，
　　多少次迎來落日映霞紅。

　　白髮漁翁樵夫出沒在江中岸上，
　　已經看慣了秋月春景。
　　一壺老酒，高興地相逢暢飲。
　　古往今來多少大事，
　　都付於他們的笑談之中。

長相思 李攀龍

秋風清，秋月明。葉葉梧桐檻①外聲，難教歸夢成。
砌蛩②鳴，樹鳥驚。塞雁行行天際橫，偏傷旅客情。

【作者】

　　李攀龍（1514-1570），字於鱗，號滄溟，歷城（今山東濟南）人。是明代「後七子」領袖，被尊為「宗工巨匠」。他宣導詩文復古，一些反映現實的作品很有感染力。有《滄溟集》。

> 【注釋】
> ①檻：欄杆。
> ②砌蛩：指臺階下的蟋蟀。

【名句】

　　葉葉梧桐檻外聲，難教歸夢成。

【鑑賞】

　　這是一首抒寫思鄉之情的詞作。詞人借景物描寫，傳達出無形而深刻的鄉思，能夠引發讀者強烈的共鳴。

　　上片寫景抒情。起首兩句寫天上一輪秋月，灑下如水清光；陣陣秋風吹過，更顯清冷。既點明時令，又為全詞奠定

抒情基調。接句寫秋風過處，庭院中的梧桐樹颯颯作響，牽引起詞人難解的鄉愁。月上中庭，梧桐聲碎，藉有形的景物傳達無形的思緒，真切可感。在這樣清寂的夜晚，詞人自然夜不成寐，更別提做一個還鄉的美夢了。

　　下片延續上片寫景抒情。起首選取秋日典型的景物一一點染，營造清幽的境界。臺階下不知何處有蟋蟀叫個不休，驚飛了棲息於樹上的鳥兒。秋蟲鳴叫，樹鳥亂飛，令詞人更加心緒難安，把旅人由於思鄉而顯得分外脆弱敏感的心境呈現了出來。天氣逐漸轉冷，雁行橫空，又是一年一度的北雁南飛。連大雁都有可以回歸的家園，旅人卻在天涯飄零日久。抒寫出作者淒苦的心境，表達歸鄉不能的哀怨和無奈。

【今譯】

　　秋風吹過是那樣清冷，
　　秋月皓皓懸掛在當空。
　　欄杆外傳來梧桐樹葉颯颯的響聲。
　　客居他鄉的遊子啊歸夢難成。

　　臺階下的蟋蟀叫得正歡，
　　樹上的棲鳥也為之心驚。
　　南歸的大雁一行行排成雁陣。
　　偏偏傷害了旅人思鄉的感情。

浣溪沙 王士禎

北郭清溪一帶①流，
紅橋風物②眼中秋，
綠楊城郭是揚州。

西望雷塘③何處是？
香魂零落使人愁，
淡煙芳草舊迷樓④。

【作者】

　　王士禛（1634-1711），字子真，號阮亭，又號漁洋山人，新城（今山東桓台）人，清初著名文學家。王士禛長於詩詞，並創立「神韻說」，主張作品意境要富有詩情畫意，影響深遠。他善寫小令，多表現士大夫的閒情逸致，風韻獨勝。有《衍波詞》。

【注釋】
①一帶：形容水流蜿蜒似帶。
②紅橋風物：紅橋，在今江蘇揚州西北，建於明末，為風光勝地。
　風物，風光、景物。
③雷塘：在揚州城外，曾為隋煬帝葬處，早已不存。
④迷樓：隋煬帝所築宮殿，故址在揚州西北。內有千門萬戶，曲折
　相連，入之終日不得出。

【名句】

　　綠楊城郭是揚州。

【鑑賞】

　　這首詞以樸素清麗的語言，描繪了揚州紅橋美景，寄託懷古傷今的情感。

　　上片寫景。起首寫近景，步出北郭，是清澈而狹長如帶的小溪，正緩緩流淌。「一帶流」既寫溪水之形，生動形象；又寫溪水緩流，營造出靜謐的氣氛。接句寫放眼望去，映入眼簾的是一派秋高氣爽的景致。以「眼中秋」涵蓋紅橋種種風物，留下可供讀者想像的廣闊空間。結尾寫那綠楊環

抱的城郭就是揚州，生動地勾畫出揚州樹木森森、綠色滿城的迷人風貌。「紅橋」與「綠楊」共用，色彩明豔鮮活，也表達了作者內心的喜悅之情。

　　下片懷古。綠楊深處的揚州令作者浮想聯翩，不由得向西望去：那隋煬帝的埋身之所雷塘又在哪裡呢？當年隋煬帝出遊揚州，極盡奢華，如今連墳墓也湮滅不存，寄予了作者的諷刺和批判。詞人漫步迷樓舊址，當年輝煌的宮殿早已蕩然無存，只剩下芳草萋萋、淡煙濛濛。以樸素自然的語言，抒寫古今鮮明的對比，其中所蘊含的歷史變遷與盛衰轉移，引人無限感慨。

【今譯】

　　城北清澈細長的小溪緩緩流淌，
　　紅橋邊上映入眼簾的是一派秋光。
　　揚州城內依然楊柳蔥鬱，隨風蕩漾。

　　向西望去當年的雷塘竟在何處？
　　香魂縷縷消散，使人頓生惆悵。
　　芳草叢中霧靄籠罩昔日迷樓，一片荒涼。

點絳唇
春日風雨有感　陳子龍

滿眼韶華①，東風慣②是吹紅去。幾番煙霧，只有
花難護。
夢裡相思，故國王孫③路。春無主，杜鵑啼處，淚
染胭脂雨④。

【作者】

陳子龍（1608-1647），字臥子，號大樽，吳松（今
上海松江）人，明末著名文學家。曾組織抗清活動，事敗被
捕後投水自殺。他的詞常在纏綿婉轉中寄託愛國深情，詞風
雄渾蒼涼。有《陳忠裕公全集》。

【注釋】
①韶華：美好的時光，詞中指春光。
②慣：照例。
③王孫：泛指宦屬子弟。
④胭脂雨：傳說杜鵑夜夜啼鳴直到啼血，彷彿連雨也被染成胭脂
色了。

【名句】

春無主，杜鵑啼處，淚染胭脂雨。

【鑑賞】

這是一首別具魅力的愛國詞作，詞人藉抒寫傷春惜花的
情懷，慨歎亡國的哀痛之情。風格婉麗，情感悲切。

上片寫景。那一片萬紫千紅的大好春光，正遭受突如
其來的風雨摧殘，以惜春傷花的情懷抒寫深刻的亡國痛楚。
「滿眼」飽含令人難以抑制的傷感，因為春光愈美，一旦凋
零，就愈令人痛惜。接句寫無情的東風，一年一度總是要吹
落春花。以「慣」字表明春去花落的不可避免，這更加深了
作者的無奈和憂恨。春雨瀟瀟而下，大地一片迷迷濛濛。那

嬌嫩的春花怎能抵擋無情的風雨摧殘？幾番風雨過後，春花再難留住了。以春殘花落的景象，暗喻明末動盪的局勢，抒寫詞人哀時傷世的痛楚，深切而哀婉。

　　下片抒發亡國的哀痛。夢裡常常思念故國，卻歸路難成，心中愁緒無限。國破家亡，連春天都不再有人關注。「春無主」暗喻大好江山就要旁落外族之手，表達作者內心的無比悲憤和無限感傷。杜鵑如泣如訴，聲聲啼血，染紅了斜飛的雨柱。以杜鵑啼血的景象，寄託詞人一片殷切的亡國哀思。「染」字形象貼切，將這種情感抒寫得深重而真摯，感人至深。

【今譯】

　　滿眼萬紫千紅的春天景象，
　　被無情的東風吹得一掃而光。
　　幾多煙雲，重重濃霧，
　　只有春花難以留住。

　　夢裡常常思國思家，愁緒悠悠，
　　回想那官宦子弟的淪落之路。
　　國破家亡，春天已不再有主，
　　杜鵑聲聲如泣如訴，
　　淚水滂沱染紅了斜灑的雨柱。

錦堂春 燕子磯[1]　歸莊

半壁橫江矗起，一舟載雨孤行。憑空怒浪兼天[2]
湧，不盡六朝聲。
隔岸荒雲遠斷，繞磯小樹微明。舊時燕子還飛
否？今古不勝情。

【作者】

歸莊（1613-1673），字玄恭，號恆軒，崑山（今屬
江蘇）人，清初文學家。曾參加抗清鬥爭，失敗後隱居終

老，佯狂避世。與顧炎武同鄉齊名，有「歸奇顧怪」之稱。歸莊詩文書畫皆有所成，其作品多表達反對清朝統治的內容，富有民族氣節。有《恆軒集》等。

【注釋】
①燕子磯：在今南京附近的觀音山，因山上有石形如飛燕而得名。
②兼天：即連天，形容波浪高捲。

【名句】━━━━━━━━━━━━━━━━━━━━━━━━

舊時燕子還飛否？今古不勝情。

【鑑賞】━━━━━━━━━━━━━━━━━━━━━━━━

這首詞是懷古詞，描寫作者登上燕子磯後的所見所想。詞作藉蒼茫的山水追索六朝舊事，寄寓了深重的歷史滄桑感。

上片寫景。起首句寫作者一人一舟，在淒冷的雨天，獨自前往燕子磯遊覽。接句描繪燕子磯蒼茫的景致與雄偉的氣勢。氣勢雄壯的石磯矗立於江岸，濁浪滾滾，濤聲震天。此情此景，令詞人不由回想起那波瀾壯闊的六朝歷史，心頭湧上萬千感慨。「矗」字用語突兀奇絕，不僅寫出了山勢的高聳，給讀者以強烈的視覺感受，更顯出「孤行」的寂寞冷清與人在自然面前的渺小。以「怒」字形容浪濤的洶湧澎湃，也象徵作者難以平靜的心緒。

下片寫作者登上燕子磯，撫今追昔，不勝感慨。開頭兩句以對偶句寫景：亂雲飛卷，江岸時斷時現；小樹環繞，石磯忽暗忽明。景致蕭瑟而壯闊，表達凝重的情感。以「荒」

字形容飛捲的亂雲，極有氣勢，又滄桑無比。結尾以「舊時」引起。那看過六朝繁華的小燕子還在飛舞嗎？經歷過古今無數滄海桑田的變遷，怎麼不令人感慨無盡？藉燕子的無知無覺，道出對於歷史變遷的感慨與無奈之情。

【今譯】

半面峭壁橫在長江巍然高聳，
一葉小舟孤寂地在雨中航行。
無端地江上波濤連天洶湧，
彷彿在傾瀉六朝的遺恨。

江岸亂雲飛渡，時斷時現，
石磯在小樹的環繞下忽暗忽明。
舊時的小燕子仍在飛嗎？
古今多少往事叫人感慨不盡。

玉樓春 白蓮　王夫之

娟娟片月涵秋影①，低照銀塘光不定。綠雲冉冉②
粉初勻，玉露泠泠③香自省。

荻花④風起秋波冷，獨擁檀心⑤窺曉鏡。他時欲與
問歸魂，水碧天空清夜永⑥。

【作者】

　　王夫之（1619-1692），字而農，世稱「船山先生」，衡陽（今屬湖南）人，明清之際傑出思想家、哲學家。曾組織抗清鬥爭，失敗後潛心著述，多有所成，影響深遠。善詩文，工詞曲，論詩有獨到之見。有《船山遺書》。

【注釋】
①娟娟片月涵秋影：娟娟，柔媚美好的樣子。涵，包含，浸潤。
②冉冉：形容雲彩流動的樣子。
③泠泠：清涼。
④荻花：一種生長於水邊的植物，秋天開紫花。
⑤檀心：淺紅色的花蕊。
⑥永：指時間長。

【名句】

　　娟娟片月涵秋影，低照銀塘光不定。

【鑑賞】

　　這是一首詠物詞。作者藉題詠蓮花，抒發漂泊無依的內心感受，也表達了自己不同流俗的人生追求。

　　上片寫荷塘月色。起首兩句為全詞創設了朦朧的意境。明月映照荷塘，波光搖曳閃爍。如此清幽的景致，正是秋意深濃的時節。作者要題詠白蓮之色澤，以皎潔的月光來點出仍嫌不足，又用「銀」字來強調。接句以對偶句寫蓮花的美麗姿態和芬芳香氣。蓮花似粉黛佳人，那茂盛的蓮葉如綠雲簇擁；蓮葉上露珠晶瑩滴翠，清冷的香氣四溢。以「冉冉」

形容蓮葉搖曳的姿態，細膩而生動。「粉初勻」形容白蓮花
如佳人初妝般，清麗動人。

　　下片寫白蓮的孤芳自賞。開頭句寫白蓮臨水照影。秋風
吹皺塘中寒波，岸邊荻花亂飛。白蓮環擁著嬌嫩的花蕊，獨
自欣賞自己倒映水中的面容。風姿綽約卻無人欣賞，詞人藉
白蓮的顧影自憐，抒發自己漂泊無依的感受。結尾兩句是作
者對人生的思考。他日若有人問起白蓮芳魂歸何處，那碧綠
的塘水、那空寂的藍天、那清淨的夜色就是她的去處。以白
蓮的「歸魂」抒寫自己不願與世俗同流合污的志向，即使淒
清寂寞，也要於水碧天空之處得到永恆。

【今譯】────────────────────

　　皎潔的明月蘊含著秋天的身影，
　　低低地映照荷塘，波光閃爍不定。
　　茂盛的蓮葉如綠雲浮動，蓮花似粉黛佳人，
　　蓮葉上露珠晶瑩滴翠，花香飄四鄰。

　　秋風吹，荻花飛，水波寒冷，
　　獨自環抱低垂的花蕊，偷偷欣賞水中的面容。
　　他日問起白蓮花凋零的芳魂歸何處，
　　怕只有碧水雲天，長夜漫漫，一片淒清。

蝶戀花　曹貞吉

五月黃雲全覆地。打麥場中，咿軋①聲齊起。野老
謳歌天籟耳，那能略辨宮商②字。
屋角槐陰耽③美睡，夢到華胥④，蝴蝶翩翩矣。客
至夕陽留薄醉，冷淘飥餺⑤窮家計。

【作者】───────────────

　　曹貞吉（1634-1698），字升六，號實庵，安丘（今
屬山東）人，清代詞人。他的詞風格多樣，懷古作蒼涼雄
渾，詠物詞刻畫細膩，在當時很有影響。有《珂雪詞》。

【注釋】
①咿軋：象聲詞，形容打麥場上連枷等農具發出的聲音。
②宮商：指古代音樂中的五聲音階，即宮、商、角、徵、羽。
③耽：沉醉於。
④華胥：傳說中的國名，後代指夢境。
⑤飥餺：一種麵食，多在年節時食用。

【名句】————————————————————

五月黃雲全覆地。

【鑑賞】————————————————————

　　這首詞描寫農村勞動與生活場景，自然清新，生活氣息濃厚。

　　起首句寫豐收場景。五月正是麥子成熟的季節，收割下來的麥子像金黃色的雲朵，覆蓋了地面。「黃雲」比喻成熟的稻麥，貼切而獨特；又以「雲」寫出麥田的廣闊無際，讓人浮想聯翩。接句寫打麥場上的忙碌景象：咿呀聲聲不斷，各家各戶都在忙著打麥。以「咿軋」的聲響來表現農民們忙碌的情形，真實可感。金黃飽滿的麥穗讓樸實的老農忘記了辛苦，他們一邊勞作，一邊高聲唱出不成調的民歌。「天籟」本指自然的聲音，詞中用以形容老農不加雕飾的歌聲，充滿原始的風味。

　　下片敘寫農民們農忙之餘的質樸生活。起首幾句寫夢境。辛苦忙碌後，農民們在房角樹下席地而睡，睡得那麼香甜，彷彿夢到那遙遠奇異的華胥國，看到美麗的蝴蝶飛舞翩翩。那無拘無束的酣睡場景感染了作者，想像他們的夢境一定甜蜜而幸福。結尾句寫農民們傍晚收工回家，雖然忙碌了一天也不覺得辛勞，還要與鄰里們相聚。即使家中只有薄酒，也要留客暢飲，還捧出麥收時農家最美的茶飯。描寫農家生活，真實而質樸，令人嚮往。

【今譯】

　　五月裡麥子金黃如雲，覆蓋了地面，
　　打麥場上一片忙碌景象，
　　連枷聲聲，咿呀不斷。
　　老農信口唱出不成調的歌聲，
　　是什麼曲調，人們很難分辨。

　　房角樹下勞作者睡得那麼香甜，
　　夢見遙遠奇異的華胥國就在眼前，
　　繁華似錦，美麗的蝴蝶飛舞翩翩。
　　夕陽西下，鄰里相聚，酒至半酣，
　　敘談間，捧出麥收時農家最美的茶飯。

長相思　納蘭性德

山一程，水一程，
身向榆關那畔行①，
夜深千帳燈。

風一更②，雪一更，
聒③碎鄉心夢不成，
故園無此聲。

【作者】 ─────────────

　　納蘭性德（1655-1685），字容若，滿族正黃旗人，清初著名詞人，與朱彝尊、陳維崧並稱「清詞三大家」。容若出身貴族，自幼聰敏好學，學識廣博。他的詞多歌詠自然風物，描寫愛情友誼，抒寫個人情懷，風格婉麗，情感真摯，格調感傷。有《納蘭詞》。

【注釋】
①榆關那畔行：榆關，山海關。那畔，那邊，詞中指關外。
②更：舊時一夜分五更。
③聒：聲音嘈雜，使人厭煩。

【名句】 ─────────────

　　聒碎鄉心夢不成，故園無此聲。

【鑑賞】 ─────────────

　　這首詞寫於詞人離開京城遠赴關外的途中。抒寫詞人身在荒涼塞外，思念故園的孤寂情懷，純用白描手法，樸素自然，真摯感人。

　　上片寫旅途情景。詞人長途跋涉，走一程山路再走一程水路，離榆關愈來愈近，離故園愈來愈遠。以「一程」的重複使用，寫路途漫長而艱辛，自然流暢，絲毫不顯雕琢。以「身」強調前往榆關的無可奈何，流露出心繫故園、留戀難捨的情懷。夜深了，跋涉了一天的人們搭起帳篷準備休息，千餘帷帳裡燈火通明。這樣的景象，反襯出詞人孤寂淒苦的心緒。

　　下片緊承上文，寫一夜風雪交加，詞人夜不能寐，更增鄉愁無限。以「一更」的重複使用，寫塞外的狂風暴雪整夜不停。這從未見過的景象令詞人厭煩，他不由得更加思念故園了。可是，風雪聲讓詞人不得入睡，連思鄉的夢也做不成，於是詞人忍不住抱怨：家鄉哪有如此擾人的聲音啊。一個「聒」字，一個「碎」字，把作者心情的煩躁和脆弱烘托到極點。將思念故園之情，寄寓於塞外景物中，情感低徊婉轉，一詠三歎。

【今譯】

　　山路走一程，
　　水路走一程，
　　皇家的車馬正向著關外行進，
　　夜深了，千餘帷帳裡燈火通明。

　　寒風吹一更，
　　大雪飄一更，
　　風雪攪碎了思鄉的夢境，
　　在家鄉從來聽不到這樣的聲音。

點絳唇
夜宿臨洺驛①

陳維崧

晴髻離離②，
太行山③勢如蝌蚪。
稗花④盈畝，
一寸霜皮厚。

趙魏燕韓，
歷歷堪回首。
悲風吼，
臨洺驛口，
黃葉中原走。

【作者】

陳維崧（1625-1682），字其年，號迦陵，宜興（今屬江蘇）人，清代著名詞人，為「陽羨詞派」領袖。他的詞多抒寫國家興亡之感與個人身世之傷，也有反映社會現實、民間疾苦的作品，詞風豪放蒼涼。有《湖海樓詞集》。

【注釋】
①臨洺驛，在今河北永年西南。
②睛鬟離離：鬟，詞中比喻太行山峰。離離，鮮明可見的樣子。
③太行山：位於山西與河北交界處。
④稗花：即稗草，開白花，是稻田裡的主要雜草。

【名句】

悲風吼，臨洺驛口，黃葉中原走。

【鑑賞】

這首詞描寫秋夜臨洺驛蕭索蒼涼的風光，抒發前程渺茫、身世漂泊的感慨。詞作風格質樸豪放，情懷含蓄蘊藉，給人以鮮明深刻的印象。

上片起首兩句寫極目遠眺，蒼莽的太行山峰像髮鬟高高聳起，山勢綿延起伏如遊動的蝌蚪。以「離離」寫山勢清晰可見。太行山本極雄偉，此時遠望，就如蝌蚪一般渺小。比喻生動，境界遼遠。接句寫近景，白色的稗花落滿田園，彷彿落了一層厚厚的白霜。秋天本應是收穫的季節，這裡卻是「稗花盈畝」，以誇張的筆觸描寫荒涼蕭索的景象，流露懷才不遇、前途茫茫之感。

　　下片抒懷，寄寓身世之傷。臨洺驛地理位置十分重要，戰國時期曾是連接趙魏燕韓各國的要道。起首句語意雙關，既指詞人江湖漂泊，遊蹤所至，往事歷歷宛在眼前；又寫戰國風雲，歷史興亡，此地所上演的那些慷慨悲歌的故事，一幕幕在腦海中翻騰迭出。藉懷古來抒寫懷才不遇、英雄末路的感慨。結尾句愈加蕭索蒼涼：站在臨洺驛口，眺望中原大地，只見悲風怒吼，黃葉飄飄漫天飛舞，傳達出蒼涼的情懷。「黃葉」既寫秋風中落葉飄零的景象，又是詞人以此自喻，抒寫受命運擺弄而身不由己、羈旅天涯的身世飄零之感。

【今譯】

　　晴日裡像婦女的髮髻高高聳起，
　　太行山蒼莽綿延，遠眺如游動的蝌蚪。
　　稗草枯萎，稗花落滿田園，
　　變成白色如霜的草皮，有一寸多厚。

　　戰國風雲，歷史興亡，
　　一幕幕在腦海中翻騰迭出。
　　耳邊悲風怒吼，
　　駐足在臨洺驛口，
　　望中原大地，黃葉飄飄漫天飛舞。

賣花聲 雨花臺①

朱彝尊

衰柳白門②灣，潮打城還。小長干接大長干③，歌板④酒旗零落盡，剩有漁竿。

秋草六朝寒，花雨⑤空壇。更無人處一憑欄。燕子斜陽來又去，如此江山。

【作者】

　　朱彝尊（1629-1709），字錫鬯，號竹垞，秀水（今浙江嘉興）人，清代著名詞人、學者。與王士禛南北齊名，為「浙西詞派」領袖。他博學多才，詩詞文並工。詞作講究聲律，偏重字句琢磨，風格清雅空靈，有一定藝術價值。有《曝書亭集》、《詞綜》等。

【注釋】
①雨花臺：在南京聚寶門外聚寶山上。相傳梁代雲光法師曾在此講經，感天而百花降，故稱「雨花臺」。
②白門：本指建康（今南京）臺城的外門，後成為建康別稱。
③小長干接大長干：古代里巷名，故址在今南京城南。
④歌板：吟唱時用於打拍子的板子。
⑤雨：降落。

【名句】

　　燕子斜陽來又去，如此江山。

【鑑賞】

　　這是一首懷古詞。詞人登上雨花臺，看到南京城蕭條破敗的景象，不禁生出江山依舊、人事已非的慨歎，讀來讓人不勝感傷。

　　上片描寫南京城蕭條破敗的景象。白門之外，秦淮河畔，殘柳搖曳，分外荒涼；看潮水不斷擊打著石頭故城，心中頓時湧出無限感觸。開篇即是一個「衰」字，用極其衰頹的筆觸，營造冷落、破敗的境界。「潮」來去洶湧，不斷拍打著空城，更增加詞人的無限傷感。接句寫往昔的繁華不再。從前南京城裡街巷相連，處處熱鬧非凡。如今雖走在舊日的大小長干，卻再不見歌舞彈唱、酒旗招展的景象。到處冷落蕭條，只有漁翁正獨自垂釣。以「盡」字，寫繁華煙消雲散。而今昔鮮明的對比，更令人痛惜遺憾。

　　下片弔古傷今，抒發感懷，字字皆有深意。起句寫秋草在寒風中瑟瑟搖動，一片荒寒，不禁令人回想起六朝往事。從前感天雨花的地方，僅留下空壇一座，書寫滄桑歷史。「寒」、「空」等字，渲染蕭索、寂寥的氣氛，把詞人對故國家園的悵惘抒寫到極致。接下來寫詞人獨自在荒無人跡的古城憑欄遠眺，心中洶湧千古興亡之感。燕子卻不理人間盛衰，在斜陽裡穿梭飛舞。江山依舊美麗如昔，卻人事皆非，蘊藏興亡變遷的歷史滄桑，深刻蘊藉，令人感歎不已。

【今譯】

　　秦淮河畔殘柳搖曳，一片荒涼，
　　潮水擊打故城，心中無限悽惶。
　　眼前依舊是大長干連著小長干，
　　可歌舞彈唱、酒旗招展已變得十分渺茫，
　　只剩下漁翁獨自垂釣的景象。

　　秋草在寒風中瑟瑟抖動，六朝不堪回想，
　　雨花臺僅留下空壇一座，見證歷史的滄桑。
　　在這荒無人跡的地方獨自憑欄眺望。
　　夕陽殘照，燕子還在飛來飛去，
　　啊，江山就是這樣壯麗寬廣。

相見歡　毛奇齡

花前顧影粼粼^①，水中人。水面殘花片片、繞人身。
私自整，紅斜領，茜^②兒巾。卻訝領間巾底、刺
花^③新。

【作者】

　　毛奇齡（1623-1716），字大可，世稱「西河先
生」，浙江蕭山人，清代大學者，參與過《明史》的修訂。
他學識淵博，著述豐富，擅長詩詞，精通音律。有《西河合
集》。

【注釋】
①瀲瀲：形容水清澈而有細微的波浪。
②茜：茜草，根可做染料。詞中指絳色。
③刺花：刺繡。

【名句】

花前顧影瀲瀲，水中人。

【鑑賞】

這首詞描摹美麗少女臨水照影的情景。詞作語言自然活潑，景與人融為一體，極有生活情趣。

上片寫天真活潑的少女臨水照影、顧盼自憐的風姿。首句寫清澈的水面有瀲瀲波光，倒映著花枝與人影。因有水波的浸潤和花影的相襯，水中的人兒更加鮮活嬌豔。接句寫水面上落花片片，盡繞著水中美麗的倒影漂流旋轉，更添豔麗。詞人沒有直接描寫少女的容顏，卻通過水面飛花來側面烘托，當真是人比花嬌。

下片寫少女的動作，表現出她天真活潑的性格。看著水中自己的倒影，少女不由得顧影自憐起來。趁左右無人，她偷偷地整理著歪斜的巾領。卻忽然發現，領間巾底多出兩瓣新花。她驚訝地想：這是什麼時候繡上去的呢？「私自」二字描繪少女淡淡的羞澀之情，生動而細膩。「整」字簡潔含蓄，也許巾領並不需要整理，但從這個字可以看出少女對自己的愛惜自憐。「紅」與「茜」都是較為豔麗的色彩，正是

青春年華的少女喜愛並相襯的顏色。「訝」寫少女在整衣過
程中才發現新的繡花，令讀者彷彿能看到少女凝神回想的天
真姿態，也使行文更加活潑生動。

【今譯】━━━━━━━━━━━━━━━━━━

　　花前人影投向波光粼粼的水面，
　　水中的人兒頓時變得鮮活嬌豔，
　　水面上落花一片連著一片環繞著，
　　水中的身影漂流旋轉。

　　紅色的斜領，
　　絳色的披巾，
　　暗暗地整理一遍。
　　頓覺驚訝：兩瓣新花
　　什麼時候繡上了巾底領間。

生查子　龔翔麟

風急布帆偏，半幅撐秋雨。
乍聽榜人①喧，已失前村樹。

渺渺望湖波，萬頃迷煙霧。
猶自②有漁舟，煙裡飛來去。

【作者】

龔翔麟（1658-1733），字天石，號蘅圃，又號稼村，晚號田居，仁和（今浙江杭州）人，清代藏書家、文學家。擅長詩詞，與朱彝尊等人並稱「浙西六家」。有《紅藕山莊詞選》。

【注釋】
①乍聽榜人：乍，剛剛。榜人，船夫，舟子。
②猶自：還，尚且。

【名句】

風急布帆偏，半幅撐秋雨。

【鑑賞】

這首詞描寫行船江上時的景致，表達了作者內心的興奮喜悅和對大好河山的讚美。

上片起首兩句寫江上風疾浪大的情狀。疾風勁吹，驟雨狂瀉，船上布帆偏轉，只剩半幅篷帆。以布帆偏轉，勾勒風狂浪急的景象，頗有驚心動魄之感。接句寫剛剛才聽到船夫們在吆喝吶喊，轉眼間已望不到岸邊的村莊。這是側面描寫，寫船藉風勢，前行極快。「乍」字迅疾有力，給人撲面之感，與行船之快相吻合。「失」字寫迅急前行，兩岸景物茫然不見，流露出作者內心的歡愉之情。

　　下片寫舟中所見，作者視線向遠處延展開去，漸行漸遠，漸遠漸虛。起首兩句描寫煙波浩淼的湖面。詞人站在舟中遠眺，太湖那浩淼的萬頃碧波都籠罩在迷濛的霧氣中。「渺渺」二字寫出太湖的遼遠無邊，「迷」字新鮮生動，給畫面增加了幾分神祕朦朧的色彩。最後兩句描寫一葉葉漁舟在迷霧中出沒的情狀，迅急而過，依稀可見。「猶自」二字寫詞人對船夫高超駕駛技藝的讚美，「飛來去」則寫出船夫出沒於水氣霧靄中的自在灑脫，也寫船行之快捷如飛。

【今譯】

疾風勁吹，船上篷帆已經偏轉，
驟雨狂瀉，依然鼓動著半幅篷帆。
偶爾聽得船夫在吆喝吶喊，
瞬間船兒已將岸邊的村莊拋在後面。

站在船艙遠眺浩淼迷茫的太湖，
碧波萬頃淹沒在濃濃的霧氣中間。
依稀可見一葉葉漁舟出沒，
在茫茫的煙霧中穿梭疾馳，起伏騰躍。

采桑子

桐廬①舟中 　陶元藻

浮家②不畏風兼浪，
才罷炊煙，又嫋茶煙。
閒對沙鷗枕手眠。

晚來人靜禽魚聚，
月上江邊，纜繫岩邊。
山影松聲共一船。

【作者】

陶元藻（？-1801），字龍溪，號篁村，又號鳧亭，會稽（今浙江紹興）人。詞以山水遊記見長，風格清麗。有《泊鷗山房詞》。

【注釋】
①桐廬：今浙江桐廬，境內有桐江，現名「富春江」。
②浮家：指行船的人。

【名句】

山影松聲共一船。

【鑑賞】

這是一首描寫旅途生活的詞，表達了作者閒適恬淡的心情，以及對寧靜淡泊人生的嚮往。詞作語言自然清新，意境恬美靜謐，是一篇佳作。

上片寫舟行生活的井然有序和悠閒安適。開頭寫船家常年行走江上，從不畏懼風急浪高，寫他們勇往直前、不怕風浪的精神。接句寫風浪之餘的悠閒生活：縷縷的炊煙剛剛消散，煮茶的輕煙又嫋嫋升起。可見舟中生活的井然有序，使人感到親切和嚮往。吃罷飯飲罷茶，船家以手為枕，悠然睡去，而沙鷗隨船快樂飛行。「閒對沙鷗」寫人與沙鷗和諧相處，畫面無限溫馨，更可見詞人閒適恬淡的心境。「枕手」二字非常細膩精巧，既寫船家生活的簡陋，又營造出靜謐和安詳的氣氛。

　　下片寫泊舟岸邊。開頭緊承上片，描繪夜晚江面風平浪靜，四處人聲消散，禽鳥各自安歇，一派靜謐安詳。皎潔明月升上樹梢，灑下清光無限，更顯寧靜美妙。「上」字富有動感，為畫面增添了生機。結尾寫作者將船繫在山腳岩邊，靜靜地看那蒼莽的山影，靜靜地聽那連綿的松濤。雖是小小的舟船，卻彷彿蘊含著大千世界，意境靜謐而又悠遠，可體會詞人寧靜淡泊的心境。

【今譯】

　　行舟江上不畏懼風急浪高，
　　縷縷炊煙剛剛停歇，
　　又見煮茶的輕煙繚繞。
　　遐想伴著沙鷗同起同臥，人鷗和諧相交。

　　傍晚人靜，禽鳥各自棲息，不再喧鬧，
　　皎潔的明月冉冉升上江畔的樹梢，
　　停歇的小船挽繫在岩邊山角。
　　與我同舟的是那蒼莽的山影、清晰的松濤。

浪淘沙 暮春　鄭燮

春氣晚來晴，天澹①雲輕。小樓忽灑夜窗聲。臥聽瀟
瀟還淅淅②，濕了清明。
節序③太無情，不肯留停。留春不住送春行。忘卻
羅衣都濕透，花下吹笙。

【作者】

　　鄭燮（1693-1765），字克柔，號板橋，揚州興化
（今屬江蘇）人，清代書畫家、文學家，為「揚州八怪」之
一。曾做過縣令，因在災年擅自開倉賑濟而獲罪罷官。後在
揚州以賣畫為生。鄭板橋的書畫詩詞均自成一家，詞多憤世
嫉俗之作，反映民間疾苦，風格質樸。有《鄭板橋集》。

【注釋】
①天澹：天色清淡。
②瀟瀟還淅淅：形容雨聲。
③節序：時令，歲序。

【名句】

臥聽瀟瀟還淅淅，濕了清明。

【鑑賞】

這是一首送春詞，表達作者對春天的留戀之情。詞作語言純用白描，意境清麗，情致婉轉，別有特色。

上片起首兩句寫景。傍晚時天氣晴好，天清雲淡。雖是暮春時節，春光仍是十分明麗動人。以清淡字眼寫春景，有質樸的美感。接句寫雨。暮春時節氣候多變，本是晴好的天氣，卻忽然傳來細雨敲窗的蕭蕭聲音。作者在小樓臥聽夜雨，淅淅瀝瀝地響個不停，憑添了無限傷感和寂寞，不由得想到：原來又到了一年一度的清明時節。「瀟瀟」和「淅淅」疊用，寫出了春雨的纏綿和細密。「濕」字本是形容詞，詞中有「打濕」意，描摹雨後萬物潤濕的景致。「清明」本是節日，怎麼會被雨水打濕？作者用語別致，傳達出幾許寂寞、傷感的情緒。

下片抒情，表達惜春情感。起首兩句直抒胸臆：時令實在太過無情，從不肯為誰而停留。一場夜雨過後，定會是萬紅凋落的殘春場景，作者想到這點，不禁對時令有了些許埋

怨之情。接句情緒轉為豁達：既然無法讓春天停留，那就送春歸去吧。作者在花下吹笙，為春天獻上悠悠送行曲，即使羅衣被雨打濕也全不在意。情致蘊藉婉轉，令人回味不已。

【今譯】

　　傍晚時春光明麗動人，
　　淡淡的天空上飄著幾朵白雲。
　　小樓上忽兒傳來夜雨敲打窗櫺的聲音。
　　躺在床上聽得細雨淅淅瀝瀝下個不停，
　　打濕了一年一度的清明。

　　時令實在太無情，
　　春天不肯停留，去也匆匆。
　　留不住春天就送春遠行。
　　忘記了衣衫被雨水淋透，
　　送春歸去，獨自在花下吹笙。

太常引 客中聞歌 項廷紀

杏花開了燕飛忙，正是好春光。偏是好春光，者^①幾日風淒雨涼。

楊枝^②漂泊，桃根^③嬌小，獨自個思量。剛待不思量，吹一片簫聲過牆。

【作者】

　　項廷紀（1798-1835），原名鴻祚，字蓮生，浙江錢塘（今浙江杭州）人。為浙派詞人，與龔自珍並稱為「西湖雙傑」。他的詞講求音律和寫作技巧，風格幽婉。有《憶雲詞》四卷。

【注釋】

①者：同「這」。

②楊枝：指唐代白居易侍妾樊素，因善歌〈楊柳枝〉而得名。

③桃根：即晉代王獻之妾，善舞。

【名句】

　　剛待不思量，吹一片簫聲過牆。

【鑑賞】

　　這是一首傷春詞，藉春日裡的淒涼景致來表達內心的愁緒，讀後令人感傷不已。

　　上片寫景。起首兩句寫杏花開放，花團錦簇；燕子翻飛，呢喃細語；春光大好，令人心醉。以「正是」寫春意正濃，春光無限，傳達作者發自內心的喜悅之情。接句情感卻轉為消沉。本來是如此明麗的春光，這幾日裡偏偏風雨交加，倍感淒涼。隨著天氣的轉變，作者的心境也變得淒涼慘澹起來。也許是因為春天即將遠去，也許是因為個人身世飄零，作者並沒有交代心情低落的原因，給讀者留下了想像空間。

　　下片抒情，扣題「聞歌」。詞人聽到不知何處傳來的歌聲，不由得聯想到歌女楊枝因身世漂泊，總是唱著憂傷的歌；舞女桃根因體態嬌小，舞姿也更為輕盈。為什麼世間的美麗總是那麼容易消逝而且難以完美？作者更加心事重重了。「獨自個」以口語入詞，自然妥帖。作者的愁緒雖然深重，也並不是難以排解。正當他的心情慢慢平靜時，隔著牆

傳來一陣嗚嗚咽咽的簫聲。即將消解的愁思又重新積聚起
來，而且似乎更加沉重了。

【今譯】

杏花簇簇盛開，燕子穿梭正忙，
好一派明媚豔麗的春光。
偏偏是明麗的春光，
這幾日卻變得風淒雨涼。

歌女楊枝漂泊不定，歌聲憂傷，
舞女桃根體態輕盈，舞姿流暢。
我心事重重，獨自思量。
正當心情慢慢恢復平靜，
不料嗚嗚咽咽，一片簫聲又飛過牆。

卜算子　蔣春霖

燕子不曾來，小院陰陰雨。一角欄杆聚落花，此是春歸處。

彈淚①別東風，把酒澆飛絮：化了浮萍②也是愁，莫向天涯去。

【作者】

　　蔣春霖（1818-1868），字鹿潭，江陰（今屬江蘇）人，晚清詞人。詞多抒寫個人身世之苦，風格多樣，蒼涼激越與婉約深至並舉。有《水雲樓詞》。

　　【注釋】
　　①彈淚：揮淚。
　　②化了浮萍：浮萍，也稱「水萍」。《本草》謂浮萍季春始生，或
　　　云為楊花所化。

【名句】

　　化了浮萍也是愁，莫向天涯去。

【鑑賞】

　　這是一首傷春詞。詞人描繪暮春景致，抒寫身世之傷，飽含淒苦之情。

　　上片描寫暮春景色，十分淒清。起首句寫燕子飛走了就不曾歸來，小小庭院一直飄灑著綿綿陰雨。描寫暮春的蕭條景致，營造寂寥、淒清的氣氛，也傳達出作者哀怨的情緒。接句是一個特寫鏡頭：一角欄杆處，聚集著凋落的花瓣。在滿腹愁緒的詞人看來，這恐怕就是春天的去處。落花片片，預示著春天離去，帶給詞人無法排解的傷春之情。

　　下片側重抒寫愁情。既然留春不住，詞人無奈與春天告別。他彈淚揮別春風，把酒灑祭飛揚的柳絮。以「彈淚」、「把酒」等極具情緒化的動作，抒寫內心無法排遣的愁緒。根據《本草》的說法，柳絮飛入池塘，會化作浮萍。在詞人眼中，那飛揚的柳絮在空中是愁，化了浮萍還是愁，於是詞人殷切勸慰，希望它不再漂泊到天涯海角去。以此抒寫愁緒不可解脫的無可奈何，格調淒婉低徊。

【今譯】

　　南飛的燕子不曾歸來舊地，
　　小小庭院一直飄灑著綿綿細雨。
　　欄杆的一角聚集著凋落的花瓣，
　　這恐怕就是春天的去處。

　　彈掉淚珠，與春風告別，
　　舉起酒杯，灑祭飛揚的柳絮：
　　飛絮變作浮萍依然是愁的化身，
　　希望你不再漂泊到天涯海角去。

浣溪沙 旅情　文廷式

畏路風波不自難①，繩床②聊借一宵安。雞鳴風雨曙光寒。

秋草黃迷③前日渡，夕陽紅入隔江山。人生何事馬蹄間④？

【作者】

　　文廷式（1856-1904），字道希，號芸閣，別號純常子，江西萍鄉人，近代詞人。文廷式憂心國事，是「戊戌政變」的中堅人物。變法失敗，輾轉潦倒，後死於萍鄉。他的詞作多為感時憂世之作，意境渾厚，筆力恣肆，風格沉鬱。有《雲起軒詞鈔》。

【注釋】

①畏路風波不自難：畏路，指艱險的道路。不自難，自己不覺得艱難。

②繩床：指非常簡陋的床。

③迷：這裡指遮蔽了視線。

④何事馬蹄間：何事，為什麼。馬蹄間，人在旅途中。

【名句】

人生何事馬蹄間。

【鑑賞】

這是一首書寫自身經歷和感懷的詞，表達了作者願為理想和信念獻身的精神，也包含作者對人生的思考。

上片敘事，敘寫作者的奔波生活，表達無怨無悔的人生態度。不知走過多少風波險惡的道路，從來不覺得艱難；即使只是鄉野小店的一張繩床，也能得到一夜安然。雖然風雨淒淒，寒意十足，但雞鳴聲中，曙光來臨了。「不自難」表達作者雖然舉步維艱，卻仍然義無反顧的人生態度和理想追求。「風雨」與「畏路」相呼應，寫出境遇的淒慘，也更襯出作者的不避艱難。雖然道路艱險，救國無望，但大丈夫何懼風波險阻、風雨秋寒！這是詞人對自己的激勵。

下片寫景，情景交融，抒發了作者的萬端感慨。開頭兩句對仗工整，境界遼遠，蘊含深切的淒涼。枯黃的秋草遮擋了前日經過的渡口，火紅的夕陽慢慢沉入隔著汪洋的故園山河。為了自己所追求的理想，詞人付出了艱辛的代價。此時

看到眼前景致，令詞人心中無限傷感，不禁自問：人生為什
麼要這樣到處漂泊呢？感情沉鬱而傷痛，感人至深。

【今譯】──────────────────────────

　　風波險惡的道路上不避艱難，
　　借住旅店的小床也覺得安然。
　　雞鳴聲聲，風雨淒淒，曙光微寒。

　　秋草漫漫的來路漸行漸遠，
　　夕陽的彩霞融入了家鄉的山巒。
　　人生為什麼要消磨在旅途中間？

蝶戀花　　王國維

獨向滄浪亭①外路，六曲欄杆②，曲曲垂楊樹。展
盡鵝黃③千萬縷，月中並作濛濛霧。
一片流雲無覓處，雲裡疏星，不共雲流去。閉置
小窗真自誤，人間夜色還如許④。

【作者】

　　王國維（1877-1927），字靜安，號觀堂，浙江海寧
人，近代著名學者、文藝理論家、哲學家，傑出的古文字、
古器物、古史地學家，一代國學大師。他的詞大都抒寫對宇
宙、人生、生命等問題的感慨和思考，包含思辨色彩，亦有
詞人的敏銳。有《靜安文集》。

【注釋】
①滄浪亭：在今蘇州三元坊附近，在蘇州園林中歷史最為悠久。
②六曲欄杆：曲曲折折的欄杆。六，言其多。
③鵝黃：指柳枝的顏色，像小鵝絨毛的淺黃色。
④如許：如此多，那樣多。

【名句】

　　閒置小窗真自誤，人間夜色還如許。

【鑑賞】

　　這首詞是王國維的早期作品，描寫他遊覽蘇州滄浪亭時所領略的景致，抒發了作者對人生的思考。

　　上片寫滄浪亭景致。傍晚，詞人獨自在滄浪亭外的小路上踱步。起首一句交代了時間與地點，又以「獨」寫出詞人的特立獨行、不同流俗。接下來的幾句都在描寫詞人所見。曲曲折折的迴廊石闌，被層層的綠楊翠柳環繞著。那株株新柳舒展著千條萬縷鵝黃的柳枝，在清澈月色的籠罩下，交織成迷濛的霧氣。景致清幽，充滿朦朧的美感。「曲曲」二字寫出垂楊彎曲嬌柔、婀娜多姿的風姿，且韻律和諧。「展」字表現楊柳的生長狀態，充滿生機和活力。

　　下片描寫濃郁夜色，景中有情。作者仰望天空，尋找那片流動的雲彩，卻不見蹤影。這時的天宇寂靜極了，只有幾點疏落的星星靜靜地留在空中，不與流雲同去。意境靜謐而澄澈，也表達出詩人的清寂的心境和獨特的處世態度。人間夜色是如此美麗，應該靜下心來駐足欣賞；作者不由得感慨，自己躲在小窗內，不知錯過了多少美麗的夜色啊。「真」字表達出作者的遺憾之情，也告訴人們應該從自我的空間裡走出來，去欣賞更加美好的景致。

【今譯】

　　傍晚獨自踱向滄浪亭外的小路，
　　那一處處迴廊石闌曲曲彎彎，
　　被一層層綠楊翠柳環繞在中間。
　　千縷萬縷鵝黃色的枝條展現眼前，
　　月色中一併化作朦朧的霧氣四下彌漫。

　　一片流雲不知飄到哪裡去了，
　　雲裡稀疏的星星，
　　沒有隨雲而去，依然一閃一閃。
　　閑置小窗之下，白白耽誤了欣賞夜景，
　　人間的夜色竟是這樣美麗壯觀。

少年文學34　PG1469

中學生必讀的中國古典文學
——詞（南宋～明清）【全彩圖文版】

主編／秦嶺、秦乙塵
責任編輯／陳倚峰
作者／卓蘭、康樹林、牛斌鋒、趙冰
今譯／秦嶺
圖文排版／楊家齊
封面設計／蔡瑋筠
出版策劃／秀威少年
製作發行／秀威資訊科技股份有限公司
114 台北市內湖區瑞光路76巷65號1樓
電話：+886-2-2796-3638
傳真：+886-2-2796-1377
服務信箱：service@showwe.com.tw
http://www.showwe.com.tw

郵政劃撥／19563868
戶名：秀威資訊科技股份有限公司
展售門市／國家書店【松江門市】
104 台北市中山區松江路209號1樓
電話：+886-2-2518-0207
傳真：+886-2-2518-0778

網路訂購／秀威網路書店：http://www.bodbooks.com.tw
　　　　　國家網路書店：http://www.govbooks.com.tw
法律顧問／毛國樑　律師

總經銷／聯寶國際文化事業有限公司
221新北市汐止區康寧街169巷27號8樓
電話：+886-2-2695-4083
傳真：+886-2-2695-4087

出版日期／2016年8月　BOD一版　定價／450元
ISBN／978-986-5731-58-8

秀威少年
SHOWWE YOUNG

國家圖書館出版品預行編目

中學生必讀的中國古典文學. 詞(南宋-明清) / 秦嶺,
秦乙塵主編. -- 一版. -- 臺北市：秀威少年,
2016. 08
　　面；　公分. -- (少年文學)
全彩圖文版
BOD版
ISBN 978-986-5731-58-8(平裝)

833   105011857

讀者回函卡

感謝您購買本書，為提升服務品質，請填妥以下資料，將讀者回函卡直接寄
回或傳真本公司，收到您的寶貴意見後，我們會收藏記錄及檢討，謝謝！
如您需要了解本公司最新出版書目、購書優惠或企劃活動，歡迎您上網查詢
或下載相關資料：http:// www.showwe.com.tw

您購買的書名：＿＿＿＿＿＿＿＿＿＿＿＿＿＿＿＿＿＿＿＿＿＿＿＿＿＿

出生日期：＿＿＿＿＿年＿＿＿＿＿月＿＿＿＿＿日

學歷：□高中 (含) 以下 　□大專 　□研究所 (含) 以上

職業：□製造業 □金融業 □資訊業 □軍警 □傳播業 □自由業
　　　□服務業 □公務員 □教職 　□學生 □家管 　□其它＿＿＿

購書地點：□網路書店 □實體書店 □書展 □郵購 □贈閱 □其他

您從何得知本書的消息？

　□網路書店 □實體書店 □網路搜尋 □電子報 □書訊 □雜誌
　□傳播媒體 □親友推薦 □網站推薦 □部落格 □其他＿＿＿＿＿＿

您對本書的評價：（請填代號 1.非常滿意 2.滿意 3.尚可 4.再改進）

　封面設計＿＿＿ 版面編排＿＿＿ 內容＿＿＿ 文／譯筆＿＿＿ 價格＿＿＿

讀完書後您覺得：

　□很有收穫 □有收穫 □收穫不多 □沒收穫

對我們的建議：＿＿＿＿＿＿＿＿＿＿＿＿＿＿＿＿＿＿＿＿＿＿＿＿＿＿

＿＿＿＿＿＿＿＿＿＿＿＿＿＿＿＿＿＿＿＿＿＿＿＿＿＿＿＿＿＿＿＿＿＿

＿＿＿＿＿＿＿＿＿＿＿＿＿＿＿＿＿＿＿＿＿＿＿＿＿＿＿＿＿＿＿＿＿＿

＿＿＿＿＿＿＿＿＿＿＿＿＿＿＿＿＿＿＿＿＿＿＿＿＿＿＿＿＿＿＿＿＿＿

11466
台北市內湖區瑞光路 76 巷 65 號 1 樓
秀威資訊科技股份有限公司　　　收
BOD 數位出版事業部

....

（請沿線對折寄回，謝謝！）

姓　　名：＿＿＿＿＿＿＿＿＿　年齡：＿＿＿＿　性別：□女　□男

郵遞區號：□□□□□

地　　址：＿＿＿＿＿＿＿＿＿＿＿＿＿＿＿＿＿＿＿＿

聯絡電話：(日) ＿＿＿＿＿＿＿＿＿＿　(夜) ＿＿＿＿＿＿＿＿＿＿

E - m a i l：＿＿＿＿＿＿＿＿＿＿＿＿＿＿＿＿＿＿＿＿